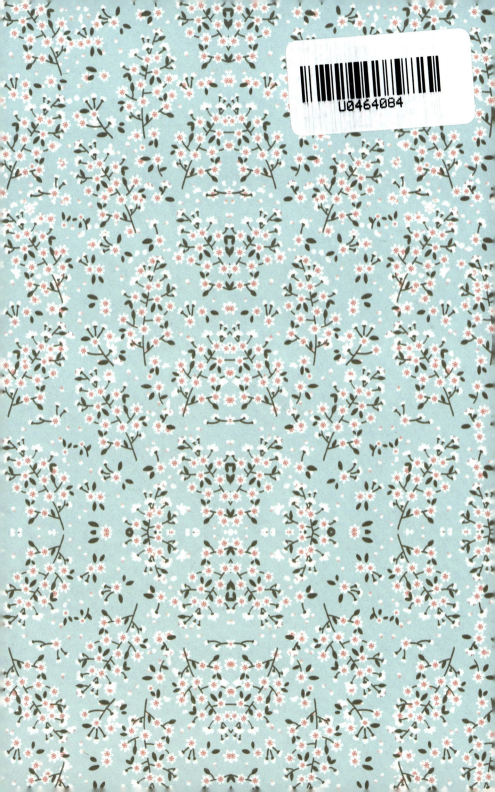

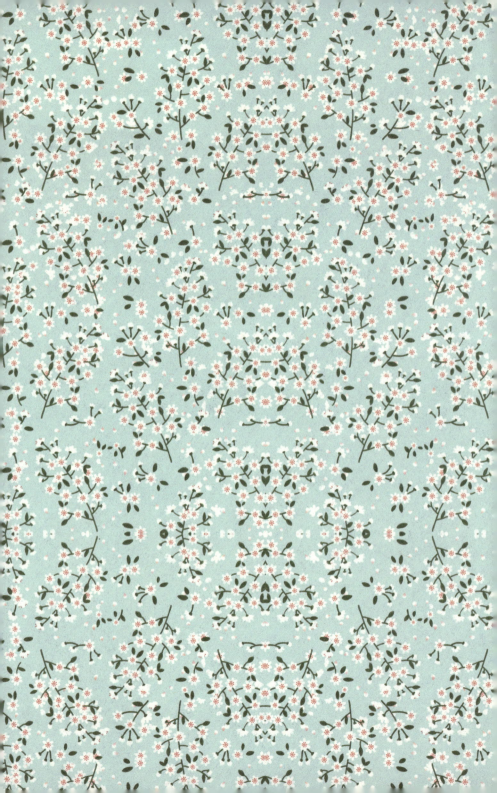

FLORET READING

【愿望花店】系列 02

遇见他的那间花店

江小鸟 著

- 江小鸟 -
JIANGXIAONIAO

小花阅读签约作者

觉得自己是个严重的情绪化少女，
有时候觉得什么都新鲜，有时候觉得什么都无趣，
总之一天一变。
总会带着奇怪的想法去看外面的东西，
吃菜的时候先夹哪个都会纠结许久。
沉迷独处，总在试图弄清自己是个怎样的人。

作者前言
ZUOZHEQIANYAN

你来得正好，我们这儿有一个故事，要不要听？

　　最近天气很热，阳光照出来几乎成了白色，洒在哪儿都是茫茫一片，看什么都会反光，灼得眼睛发疼。哪怕是坐在空调房里，但只要一拉开窗帘，就有一种要化了的感觉。其实在气温刚到三十度的那段时间，我还是很喜欢夏天的，冰激凌、冰西瓜、冰饮料，真爽啊。

　　可现在我好像不那么喜欢了，默默拉紧窗帘，挠了挠脖子上的痱子和满腿的蚊子包。

　　某只鸟如是说道。

这个故事最初的构思，是在春天。

　　记得当时很纠结开头，明明后面的所有线都理得很清楚，非常非常想写，可就是想不出开头。那种感觉很难受，真的，憋死了。

　　反复推翻了不知道多少遍，纠结许久都不满意，就在打算放松玩一玩的时候，灵感却来了。来得很巧。

　　那时候好像下了场雨，我在午睡的时候迷迷糊糊觉得有水汽拍在脸上，于是起身去关窗户。也就是那个时候，外面的雨被风带着糊了我一脸，或许因为不大的缘故，虽然冷了点儿，但也还挺舒服的。

　　就是那样，我站在窗前定好了开头，脑海里也开始一幕幕闪现出这个故事里的场景。那种感觉很奇妙，明明是虚拟的世界，可当它们用画面的形式在脑袋里放出来的时候，我总有一种感觉，好像它们是真的存在的。

　　好像，并不是我想到了这个故事，而是在另一个世界里，他们给我发出了信息——

　　"喂，你来得正好，我们这儿有一个故事，要不要听？你写出来我们也不介意啊。"

　　嗯，既然他们不介意，那我就写出来啦。棒妥棒妥的。

　　故事走到这儿，很完整了。

　　窗外的枝叶青翠，叶尖带着点点的红，偶尔阳光洒下来，照出的是一片很嫩的黄绿色。天气虽然热，太阳虽然大，但这样看着，好像也还不错。

也许，我看到的景色，他们也会看到。只可惜，故事结束之后，我们说了再见，就不再有什么联系了。也没办法问，他们觉得怎么样。

但觉得可惜的可能只有我吧？毕竟洛浮和沐辰两个人在一起，谁也想不到，谁也不会多去在意的。他们两个人在一起，就已经很足够了。

嗯，故事完了，他们还没有完，会一直走下去。

江小鸟

2017 年夏

小 花 阅 读

【愿望花店】系列

FLORET

READING

▼

《问你可以不可以》

狐桃君　著

**标签：一把专属小镰刀 | 引路者大人今天也不高兴 | 没有过去 |
预知未来**

内容简介：

"你打算怎么赔偿我？"傅筠来抬眼似笑非笑地看着她。

辜冬暗暗吐槽：你莫名其妙用我割草，还问我怎么赔偿？还有没有天理？
我不是威风凛凛的狩猎镰刀吗？

傅筠来哼一声，苍白的嘴角微微向上扬："你本就是我的镰刀，我用你
割草不行吗？不是物尽其用吗？"

辜冬呆愣愣地想：你知道我在想什么？

傅筠来抬手敲了她一记，慢条斯理地说："当然。"

辜冬崩溃：到底什么时候才会彻底恢复过来，当一把不能说话不能动的
镰刀好憋屈！！！！

《遇见他的那间花店》

江小鸟　著

标签：花店不卖花｜搞不清楚自己到底是个什么妖｜客人，这个真的不可以

内容简介：

洛浮经营着一家交易魂灵与愿望的花店，走进店里的人都有着各自的执念。
她从未想过自己的店里有一天会来一个干干净净，什么味道也没有的客人，而且客人还一口咬定，说是来相亲的！
更让她没想到的是，沐辰其实是个除妖人，根本就是为了寻灵根而来。

沐辰表示：灵根是我家的，你既然离不得它，那么，你这辈子也没办法离开我了。
洛浮：？？？？

- -

《鹦歌妍舞》

拾差　著

标签：妖王和舞蹈演员｜多嘴鹦鹉｜建国前都成精了｜全妖族都等着妖王婆媳妇

内容简介：

人类舞蹈演员向妍，初见骆一舟时，觉得他是自己前半生见过的最好看的人。
但第二面，她就给骆一舟打了一个"只可远观"的危险标签。
向妍归国，辗转回到家乡小镇，却发现骆一舟也在镇上诊所当医生，还被外婆撮合跟他之间的关系。
生命中出现一个骆一舟，就像是打开了一道玄幻的大门。
直到有一天，向妍发现，骆一舟是妖王，他的宠物是成了精的鹦鹉……一切开始变得不同。

《珍珠恋人》

山风　著

标签：一串神秘的珍珠项链｜灵异事件｜阴谋爱情

内容简介：

"这串珍珠项链里，有另外一个世界，叫作珠界。"

"每一粒珍珠里面同时住着珠灵和恶魂，珠灵为善，恶魂作恶，相互约束，以制平衡，同时又镇守珍珠界一方。"

身为最后一位守珠人的朱辞夏，戴着一串摘不下来的珍珠项链，在玉盘镇守着奶奶留给她的珠宝楼。

而围绕在她周围发生的一连串灵异的死伤案件，全都与那个珍珠传说有关。

被措手不及的意外压得喘不过气的生活里照进一丝光亮，是从甄宥年出现的那一刻开始。

目 录

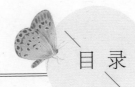

目 录

【第一章】

YUJIANTADE
NAJIAN
HUADIAN

我是来相亲的

1.

有细雨斜斜被风吹进屋里，雨珠挂在暗红色水晶帘子上，积久了，便慢慢滴落下来，从逆着光的地方看去，就像是一点一点滴漏的血，湿了地上一片羊绒毛毯。这时候，落叶随着雨点进了室内，打在地面一片影子上。

那影子一顿，抬手挥了衣袖，于是原本半掩的窗户大开，风雨落叶更加没有了阻碍，纷纷朝里袭来。

光影里，有人从不远处走向这边，原本被拉长的影子慢慢缩短，直至变成了谁脚下的一小团。

到了窗前，洛浮停住脚步，眯着眼睛往外看，对于被打湿的头发毫不在意，反而似是欢愉，软软舔了下嘴唇。

她的眼睛本就狭长，这样微微地眯着，更是无端带上了些魅惑的意味。

　　随后，她转身，朱红色的指甲被光反了一下，就像那双在看见某样东西的时候忽然亮起的眼睛。

　　接着，她从盘子里抓起鸡翅，狠狠咬了一口……

　　"噢，果然这家的超好吃！"

　　对着盘子一手一只，原本殷红的嘴唇变得油亮亮的，洛浮却毫不在意，反而满脸餍足，仿佛一只弯着眼睛的小狐狸。

　　吧唧吧唧，吭哧吭哧，很快，鸡翅就只剩下最后一只。

　　虽然不知道为什么，但每到下雨天，她的心情就变得特别好。或者说，每次看见水，她都会觉得异常亲切。

　　说来奇怪，一只花妖，就算有需要，但怎么能渴水到这种地步呢？明明她的元身也不是个仙人掌啊。

　　"兴许，是以前长在外边，没人给浇水，干的吧。"

　　洛浮喃喃着抓起最后一只鸡翅，满脸不舍，半晌才做了什么决定似的重叹一声："算了算了，总会有最后一口的，下次，下次再多买几只就是……"

　　"砰——"

　　随着身后一声巨响，洛浮猛地弹了一下，还没反应过来手里是不是少了什么，下一秒就看见掉在地上的鸡翅。顿时，她哽了一下，几乎就要厥过去……

　　这世上还有什么比最后一口好吃的掉在地上更惨的事情吗？

　　不，不会有了！

　　洛浮满眼的痛心、可惜、郁闷，脸上也一瞬间闪过许多情绪，几乎就要控制不住自己哀号出声！

　　但洛浮毕竟是洛浮，再怎么心塞，也还是本能地在飞快捡起鸡翅之后、转身之前的那一瞬间，调整好了表情。

　　"您好，客人。"

　　嘴角轻勾，眸色深深，每一个弧度都近乎完美，却也公式化得明显。

　　不过片刻，她又变回那个喜怒不形于色的花妖。

　　然而，就在对上来人的时候，洛浮微不可察地皱了眉头，忽然觉得哪里不对。不对到，她甚至一时间忘了那只鸡翅。

　　这个地方，说得简单一点，是间花店。然而，这间花店常人是看不到的，里面也并不只做买卖花草的生意。

　　店里的花花草草更像是一种掩护，在它们的后面，藏着一些不能被人知道的东西。

　　洛浮真正与人交换的，不是钱货，而是灵魄。

　　这个世界上每个人都贪生，几乎所有人都曾渴望过用其他东西为自己的生命做一个延续，不论那是什么，不论要付出多少。然而，比生命更加重要的东西几乎是没有的。或者，即便有，也不是每一个人都愿意以此交换。

所以，她要完成一桩交易，往往需要很长时间的等待。

等一个执念入骨的人走到这里，等那个人纠结许久最终决定要不要做这个生意，等事终完毕，等取到自己所需要的东西。每一次，除非完全结束，不然她总要提心吊胆，怕个万一。

毕竟，一个连死都不怕的人是很可怖的。

按常理来说，这样的人，或多或少都会有些不对劲。贪念和欲念若是强成了执念，那就成了一种病态，不论多少，总能写些在脸上。

可眼前的这个人，她在他身上什么都看不见。

他身上的味道正常得就像是外边随处可见的路人，这样的心绪根本不足以支撑他找到这个地方。

思虑一番，再看过去，洛浮的语气明显变了。

洛浮眼神一凛："你是谁？"

"我叫沐辰。"

站在逆着光的地方，就像刚才一把推开大门的时候一样，他又一把将门甩上。就在门被关上的同时，那些光也被隔绝在了外面，于是他的模样忽然清晰起来。

沐辰手上拿着纸张，反扣着一顶棒球帽，双眸明亮，五官深刻，线条却柔和。眼前的人看上去满满都是少年感，洛浮却直觉他并不简单。

她低着头将耳边的碎发捋到后边，指甲上的颜色猩红，在指甲划过面颊的时候，那红便像是染到了她的眼睛里。洛浮一只手撑在桌前，另一只手拿着鸡翅藏在身后。

这个人既然能够来到这里，自然也不会轻易就被她吓住，既然如此，看来是需要一些其他的方法，才能让他开口了。

洛浮勾出一抹诡谲的笑意，语调极慢，随着开口出声，她眼睛里的红也越发明显，一丝丝往外扩着："沐辰？你来这里，是为了什么？"

空气里的水汽渐浓，像是沁过水的棉花，团团把人困在里边。

沐辰歪了歪头，扬了扬手上的纸张，仿佛没有受到任何影响。

"这里是木江路 826 号对吧？"

洛浮虚了虚眼，眸中的红色瞬间消失，又变回了原本的浅棕，空气中的压抑感也顷刻消失。而眼前的人，则像是没有注意到一样，仍旧那样笑着望她。

所以，这个意思是——她刚刚那些动作，这个人完全没有受到影响吗？

她侧了下身子垂下双眸，掩住自己的思绪。

2.

事实上，这间花店根本没有固定的位置，今天有可能在这个街角，明天就会出现在另一座城市的另一条街道，店门前的门牌号每天都会换。而今天，刚好就换到了他说的地方。

沐辰眨眨眼："请问，这里是木江路 826 号吗？"

洛浮沉一口气，一边绷紧了身体，打算随时对他出手，一边又装作不动声色，模样慵懒。

"似乎是。"

闻言，沐辰绽放出到这里的第一个微笑，却是差点儿把洛浮的鸡翅再次吓掉。

"呀！本来以为找不到呢，但现在看来，我是找对地方了。"沐辰神采飞扬，朝她稍一点头，"你好，我是来相亲的。"

What？！

眉尾一抽，还处在警惕之中的洛浮，有那么短暂的一秒不到的时间，几乎就要忘记刚才的怀疑和防备。甚至，在她反应过来之后，第一个想到的，不是"确定不是在逗我"，而是"成年了吗就相亲"。

按捺下心里唰唰闪过的弹幕一样的吐槽，在瞥见沐辰眼底压着的笑意时，洛浮不自觉地握了拳，下颌微扬。这个人，不只是出现得奇怪，说话和动作也让人有些捉摸不透……

而这样的异常，让她不自觉对他有了防备。

"你走错了，回去吧。"她说着，顺手一挥，不欲再与他多说什么。与此同时，外面的门牌号换了个数字，"不信的话，你可以再去门口看一看，这里是……"

他再度扬扬纸，还是那样澄澈明亮的笑，却让洛浮心底一紧。

"不必去看，刚才是我说错了，我要来的，就是这里。"

随着她改变了门牌号，那张纸上的数字也随之改变。在这样的情况下，哪怕洛浮再怎么迟钝或者心大，也感觉到了危机。

一阵风自窗外吹进来，吹散了她的身子，等那风力消失，点点碎尘重聚，洛浮再度出现，便与他离得很近了。两个人相对而立，几乎是鼻尖对着鼻尖的距离，看人都没办法聚焦。

大概是一时失算，距离估计错了。

洛浮在看见眼前的人的时候，脸上一热，差点儿破功，眼神却依旧凛冽，半点不露怯："你究竟是谁？"

少年挑了挑眉尾，无辜道："我叫沐辰啊。"

"来这儿干什么？"

沐辰摊手，一副不是早就告诉过你了吗的样子，重复一遍："相亲。"答完一顿，他又笑了开来，"对了，你刚才好厉害啊，能教教我吗？瞬间消失瞬间重聚，又瞬间出现在别人面前什么的，感觉要撩小姐姐，这招应该很好用。毕竟，我都没忍住心动了那么一下。"

这样近乎调戏的话，由他说出来，却没带上什么旖旎味道，反而像是真的在好奇，如果不是有前边发生的事情，洛浮几乎都要信了。

很多时候外表都是有欺骗性的，尤其是长着这样一张小白兔的脸，看上去干干净净的少年。

洛浮不语，她抿了抿嘴唇，眉头一点点拧了起来，眸色变得比之前更红。

如果说先前她还心存侥幸，觉得这只是个意外，手下留情，不想施加太多灵力放在对付这么一个小少年身上。那么现在，她则是什么也顾不了了。

她的直觉告诉她，眼前的人很危险。

洛浮放出灵识，打算侵入他的意识深处，却没想到入眼只见一片漆黑，至于其他，什么也看不见。

这是怎么回事？

"姐姐，你的眼睛真好看，一会儿红，一会儿黑的。"沐辰特意放软了声音，这样便更显得单纯无害，然后，他扫一眼她手上的鸡翅，"都冷了，还不吃吗？"

放出去的灵识被无声地反弹回来，洛浮心口一疼，眸中的颜色慢慢流了出来，划过面颊，像是血泪。

她的灵力被人控制住了。

是眼前这个人。

她冷冷盯着他，不为所动："你来这儿，究竟是想干什么？"

沐辰并不理会，只是伸手，想帮她擦掉脸上那些血泪。

洛浮一挡，自个儿在脸上擦了一把。

在看了眼自己被她打掉的手之后，沐辰耸耸肩，开始自说自话："既然你不需要相亲……"

好巧不巧，就在他说完这句话的时候，有人从门口进来。

在洛浮被重伤之际，他脚步轻快地迎了上去："欢迎光临，请问有什么需要的吗？"

3.

缓步走来的青年戴着一副窄边金丝眼镜，看上去温和有礼，只是，那略显苍白的脸色却透露出了几分病态。这般模样，洛浮一眼就能看出来，他活不长了。

"这里，是不是可以交换到任何东西？"他开口，声音很沉。

抢在洛浮之前，沐辰先开了口："哦？交换到任何东西？"他像是很困惑，"这里只是一间花店，能交换到什么？你想来换的，又是什么？"

这样的几句话，倒是把来人弄蒙了。

洛浮暗暗调整，好不容易才平稳住了自己的气息。

活了九百多年，这还是她第一次遇见这样的人，捉摸不透，也看不清。

与此同时，壁上挂着的浮雕微闪，有什么东西顺着那闪出的光，从背部透入洛浮的心窍。原本疼得发涩的地方汇入充盈暖意，洛浮深吸口气，原本的不安也被压了下去。

她越过沐辰，走向来人。

"客人，您好。"

手上聚着灵气，洛浮时刻都在提防沐辰的动作。

没想到他倒是再没什么动作和言语，只是若有所思地望了一下浮雕上的那尾鱼，接着轻轻笑笑，又在转头对上她的时候，换了满脸乖巧。

"呀，老板娘为什么这样看着我？"

洛浮："……"

这个人进入角色还挺快的。

"老板娘不用一直看我，生意重要。"沐辰扶了扶帽子，可疑地红了脸，"如果老板娘想看，反正、反正以后还有很多机会……"

应该是个有本事的人，演技也不错。洛浮在心底对他下了评论。

只是可惜，脑子有病。

她一向心很大，在这种时候，尤其能够体现。

如果是寻常人，明知道对方不像表面简单，也探不到他所思所想，不说怎么想方设法去防备，至少也会留个心眼在他身上。

但洛浮除了刚才一时间的防备之外，在沐辰插科打诨过后，她仿佛真的就被转移了注意力。以至于现在和来人谈话，真的就完全忽略掉了沐辰，彻彻底底、一干二净，简直就像是失忆了一样，甚至在听青年说话的时候，顺手还塞了鸡翅到嘴里，都没拿水冲一冲。

不过这也不是她真缺心眼。

只是不晓得为什么，每回在洛浮灵力缺失，又被浮雕散出的暖意补全的时候，短暂的恢复时间里，她的神智都会涣散得很厉害。

后来的她也无数次为自己的好运而感到庆幸。得亏每一次她都没遇到什么意外，要真有个什么事，在那样的情况下，估计她跑都跑不掉。

比如之前的每一次，也比如现在。

沐辰虽然身份不明、目的不明，但好在没趁机对她做什么，也没有把矛盾挑明，大多数时间，他还是安安静静站在边上，看起来懵懵懂懂，温和无害。

过了不知多久，等到听完青年的话，回过神来，洛浮手里只剩下骨头了。顺便，在回他的话之前，她还吐了几粒沙子。

4.

从刚才的谈话里，洛浮了解到，眼前这个人名叫唐子谦，曾经是一家知名外企的总经理。那个"曾经"，说的是在他遭受意外、失去双眼以前。

在知道对方看不见之后，洛浮不再端着自己的形象，开始仔仔细细打量他。

和一般的盲人不大一样，他总是盯着前方，如果不是这样认真去看，她一定发现不了他的眼神没有焦距。不得不说，眼前的这个人，看上去，实在有些眼熟，可又说不出哪里眼熟。

难道现在的大众脸质量都这么高了吗？

"老板娘，你在想什么？"沐辰笑着笑着，凑近她，声音变低下来，"你的眼睛，又红了呢。"

洛浮一惊。

她刚才并没有什么动作，只是盯着那人在发呆，灵力都没有波动……既然这样，眼睛又怎么会变红呢？

"老板娘，你似乎是误会了我的意思。"沐辰的笑意里居然带上几分无奈，"我想说的是，刚刚也没有发生什么事情，你在哭什么呢？"

洛浮摸了摸眼睛，果然摸到一片湿润，同时，她抽了抽鼻子。

然而，对于这突如其来的眼泪，她自己也很不解。

这是怎么了？

"请问，是出了什么事吗？"原本安静坐着的唐子谦忽然开口，声音如温润流水，让人觉得很是舒服，"我能不能帮上什么忙？"

这应该是她接待过的最有礼貌的一位客人了。洛浮微微失神，有些游离地想，这样的人，很难让人不去喜欢吧？

呃，她怎么会想到这个？

与此同时，唐子谦又发出了轻微响动，洛浮强自镇定下来。

"没什么，我们来谈你的要求吧。"洛浮的声音平淡无波，和她红红的眼睛还有鼻头有些不搭，"对了，你可知道，来到这里要付出什么吗？"

唐子谦一顿，轻笑："知道。"

洛浮略作沉默："那就好。"没有沉默多久，她强压下心里阵阵不明意味，又打起精神，"那么，你想换的是什么？"

难道是那双眼睛？可是，拿命来换一双眼睛，似乎有些不划算。

"我想回到四年前。"

洛浮微愣。

那他就很划算了。因为这需要花费的力气不小，不小到，唐子谦这样不久于人世的样子，他的灵魄，根本就值不得这个价。

"好。"

可她的声音先于脑子，一下答应了他。虽然在话音出口之后，她自己都惊呆了，但应下就没有反悔的道理，更何况，她的内心只是惊讶，却并没有后悔的意思。

很奇怪。

今天，洛浮自己都觉得自己很奇怪。

"老板娘，你……"沐辰一派天真，"你好奇怪啊。"

自己觉得自己奇怪是一回事，别人说自己奇怪又是另一回事。可由一个刚刚认识的人，以这样的语气，说出自己心底的想法……洛浮的背脊都猛地凉了一下。不是不讶异的，只是她一直如此，心底戏很多，脸上却从不表现出来。

"嗯？"

沐辰似是不解："老板娘嗯什么？"

洛浮压下性子，尽量平和地问他："你方才是说哪里奇怪？"

"这个嘛？"沐辰转了转眼珠，明显一副我在逗你的表情，"我就是觉得，老板娘长得这么好看、气势这么足，居然只是一家花店的老板，好奇怪啊。唔，这样的气质，感觉……"

洛浮心底一紧，盯着他的眼神越发防备："什么？"

沐辰眼睛弯弯："感觉，我来相亲，好像赚了。"

"……"

算了，她明明知道的。

这个人，脑子有病。

【第二章】

YUJIANTADE
NAJIAN
HUADIAN

猜疑

1.

这是他们破开时空来到唐子谦口中那个"四年前"的第五天。

其实，类似于穿越时空之类的事情，洛浮以前没做过，这是第一次。也正因如此，她没有想到这个动作这么费力气，对她的影响居然这么大。洛浮掏出随身带着的手帕，给自己抹了一把脸，顺手揩掉从鼻子里流出来的滴到下巴上的血。

"老板娘。"

洛浮回头，正对上沐辰一张笑脸。

她与他对视了几秒，再次抬手："干吗？"

"你今天好像没有吃东西。"沐辰将手里的餐盒递给她。

洛浮面上不显，眼睛里却全是警惕："我不用吃东西。"

沐辰挑眉："哦？"

洛浮忍着饥饿感，表情冷淡："我就算要吃，也只吃天山上的雪莲和雪莲上的露水，所以，这个，你拿走吧。"

沐辰一脸赞叹："老板娘不愧是老板娘。"

正在洛浮准备转身的时候，沐辰又加了一句："所以，传说中的雪莲，其实和烤鸡翅是一个形状的？"他像是没注意到洛浮的脸色，径自说道，"我记得，我们第一次见面的时候，老板娘就是在……"他考虑着说辞，顿了会儿才再次开口，"进食来着。"

洛浮转回身子，面无表情地再次揩一把脸。

沐辰见状，满脸无辜地将食盒又举起来。

他模样诚恳："我听说女人每个月都会有那么几天，这种时候，应该注意补血。"

"所以你给我拿的是什么？"

"黑狗血……"

洛浮眉头一皱。

沐辰大喘气完毕："是不可能的。"

"……"

"老板娘不是当真了吧？黑狗血是电视剧里拿来验妖精的，拿来给老板娘吃，那不是太失礼了吗？再说了，血这种东西，就算要吃，那也只能吃毛血旺之类的不是。"

洛浮试图在他的脸上找出几分表演的痕迹，却意外地发现，他的表情和动作皆是自然无比的，连一分一毫的破绽都看不出来。

"老板娘你不要这样看着我，我只是觉得，我们都认识这么久了，应该加深一下对彼此的了解。比如，从刚刚那句话，你应该就能看得出。"他笑得灿烂无比，"我这个人，还是比较幽默的。"

洛浮一下子没忍住，翻了个白眼。

翻完之后，她转身就走，毫不理会跟在身后叽叽喳喳的少年。

穿越时空不是一件容易的事情。

即便是洛浮，也是费了很大的力气，才能够将它完成。可这件事，不是做成就完事了的，做成之后，她还留下了后遗症——

比如这每日不定时却也不间断的鼻血。

也正是因此，在没有她接应的情况下，沐辰居然毫发无损地跟了过来，一点儿异样都没有，这就太让人奇怪了。还记得，在刚刚到这儿的那一天，洛浮落地，头晕目眩，差点儿倒下，就在那时，一双手扶住了她。

她抬眼，看见的正是沐辰。

当下她便心下一震，觉得蹊跷，然而也就是在想要说话的那一瞬间，她忽然口吐鲜血，并且失去了所有能力。那个当下，说不惊慌是假的。

她知道所有的事情，也知道关于自己身体的变化，会有那番反应相当正常。可相较于她，他的反应就太让人奇怪了。

洛浮边走边想。

当时她没有细想，可现在，将记忆里自己看见的关于沐辰的那些表情一个个剖析开来，细细分辨，越是分辨，洛浮便越是心惊。

当时的沐辰，在看见她的模样之后，分明有过一瞬的惊愕，而惊愕过后，就是若有所思。他就那样扶着她站在原地，思索良久，却最终不置一词。

装疯卖傻的人是很可怕的。尤其是这种明摆着不在乎你看不看得出他的能力，却对这些能力绝口不提的人。

因为，这样的人，你根本读不出他的想法和思路，也无法揣测出来他的心意和目的。

尤其是……

洛浮转身，看着沐辰。

对方眨眨眼："老板娘，你是不是改变主意，决定将就一下，用这个代替天山雪莲了？"

尤其是，这个人的来路，她一点儿都看不出。这样想来，对方的能力至少不在她之下。

在沐辰的眼里，洛浮只是这么看着他，眼神麻木，发呆似的，半点儿不像寻常人在思索或者分析什么的模样。不过这也没什么想不通的。

他再次眨眨眼。

毕竟，对方也不是人。

"你那盒子里面装的是什么？"

"吃的。"沐辰笑出一口小白牙。

洛浮伸手，对方似是意外，却很快将食盒放在了她的手上。

"还挺有心的嘛。"

洛浮打开之后，对着那满满一盒子的鸡翅赞叹道。可是，话音都没落下多久，她便又将食盒举到他的面前。

"你吃一个。"她说着，可还不等他动作，就又皱起眉头，缩回了手。对着那盒鸡翅挑了好一会儿，洛浮选出一个相较而言稍微小个儿点的，"你吃这个。"

沐辰眉头一抽，接过咬了一口。

洛浮在看见他吃了以后，才终于放心地吃了起来。

沐辰见状，一时语塞。所以，她是一边不放心他，想拿他验毒，一边又觉得给他吃肉多的大鸡翅舍不得……是这样吗？

心底这么想着，沐辰嘴上却说得十分暧昧："原来老板娘这么关心我？我不吃，老板娘都不忍心吃？还是……老板娘一开始就是想要我吃过的？"

"闭嘴。"

洛浮吃着鸡翅，慢慢开始梳理自己的思路。

她虽然不知道他的来头和目的，却有一点可以肯定，那就是，沐辰绝对对她有所图。而既然对方对她有所图，在得不到他所"图"的东西的短时间内，便不可能对她怎么样。

的确，现在双方都是揣着明白装糊涂，但这也没什么不好的，至少他们还能维持住表面上的平和。

更何况，现在她没了能力，而每个世界都有属于自己的规则，不容破坏。在这个时空里，天道对于她这个外来者的压制，实在也不小，或许有些时候，她还需要借助他的力量稳住自己。

很多时候，若非必要，哪怕窗户纸再薄，那也还是能不捅破就不捅破的好。

将这些事情想明白了，洛浮终于稍稍松一口气，也终于在这一刻，稍微松下整整紧了五天的心。

满意地将最后一只鸡翅的骨头丢回盒子里，再将盒子丢回沐辰的手上，洛浮伸了个懒腰。

"我们走吧。"

似乎是对她态度上这突如其来的改变有些意外，沐辰怔了一会儿，但很快又笑出声来。

"去哪儿？"

"你不是来我手下干活的吗？"

沐辰挑眉："嗯?"

洛浮环着手臂，扬着下巴，满脸倨傲地看着他："既然是这样，跟上就行了，老板做什么是你能问的?"

沐辰低眸，笑笑，有些无奈。

"老板娘说得还真是。"但很快，他又抬起头来，"那么老板娘是收下我了?"

洛浮干脆利落地一点头："对。"

"既然这样，那另一件事老板娘也考虑一下吧。"

洛浮微滞……

这么快就要来了吗，关于他的那份"图谋"? 亏她还以为他是多能沉住气的人。

洛浮心底波涛汹涌，面上却不露痕迹，淡淡道："嗯?"

少年面色一沉，洛浮的心也跟着他沉了起来，两人相对许久，周围的气压一再改变，直到那份压迫感加到最大——

"相亲。"

望着少年陡然明亮的笑颜，洛浮牙齿一咬。

很好。她要是再理他，她就是个智障。

2.

虽然来到这里已经五天了，但这五天里，洛浮与唐子谦一面都没有见到。在失去所有能力的同时，她也失去了与他联系的条件，不是说什么手机号码、联系地址，而是现在的洛浮感觉不到唐子谦的精神力了。

而不论是在哪个地方，她与雇主联系的条件，都是连接在一起的精神力。

这很糟糕。

毕竟他们不是这个世界的人，而每一个空间，出于自我保护，或多或少，一定会对外来者有些排斥反应。比如她这些天平白无故流的鼻血，比如她偶尔会感觉到的头疼眩晕。

"老板娘，你这么着急找唐子谦，究竟是为了什么呢？"

"废话！生意人最看重的当然是报酬，不然这一桩费时又费力的事不就白做了吗？"洛浮不知道他究竟知道多少，却感觉，这些最基本的他不会不清楚，于是也不多瞒他，"他的命现在是我的，我不找到，总觉得不安心。"

沐辰笑吟吟地打断她："真的只是这样吗？"

洛浮听出他话中有话："什么？"

沐辰嘻嘻笑道："也许老板娘自己是没有注意的，但你每一次提到唐子谦，那种表情，就变得很奇怪。"

洛浮皱眉，停下脚步。

"怎么说呢？"沐辰抬手点了点自己的下巴，"就像是你失去了一件在乎的东西，很想找到……"

"这不是废话吗，我刚刚就说过了。"她说得理所应当，"生意人最看重的，当然就是生意，不然还叫什么生意人？"

沐辰听了，也没什么多的反应，只是浅笑着摇摇头。

"再比如，不管什么时候都很有耐心的老板娘，每次一碰到唐子谦的话题，就会变得不耐烦起来。"沐辰仍然是那样的表情，好像把什么都看透了，自己的所思所想，却半点儿不能让人看透，"老板娘有没有想过，你所说出口的那份在乎，和自己心里真正的那份在乎，不大一样？"

恰时，街边的迎春花谢了几朵，落在路面上，那明黄的颜色被深灰衬得显眼起来。分明，当它们挂在枝上和其他花儿排在一起的时候，看上去是很普通的。

洛浮微愣："你说什么？"

"我说……"

沐辰眼珠一转："我说，大概所有的生物都是这样的，到了这个季节，难免有点儿空虚寂寞，喜欢放飞思想。"

洛浮一哽，僵硬地转着脖子看了眼迎春花。

"你是不是满脑子就只有这些东西？"

"当然不!"沐辰回得很快,"我还有对老板娘的一腔热血和忠心呢。"

洛浮对他的话已经有了免疫:"是吗?"

沐辰话锋转得很快:"但如果老板娘想和我发展发展 boss 和下属之外的关系,我也不会拒绝的。"

洛浮并不接茬儿,反而有意无意的问他:"你知道这是哪儿吗?"

关于这个问题,沐辰思索良久。

"人间?"

"……"

"另一个空间的人间也是人间啊,不是吗?不然老板娘希望我回答什么?"

洛浮一个白眼还没来得及翻,心很快又被吊了起来。

大概是没想到他会用这么放松的方式将话带出来,还是在刚刚装完傻之后。洛浮的心底带上些警惕,眼睛微微眯起,可眼前的少年却仍是一派无辜。

"老板娘为什么这样看着我?"沐辰眨眨眼,"这不是你告诉我的吗?"

洛浮莫名其妙:"我告诉你的?"

"对啊,从唐子谦进店说要回到四年前,到老板娘开始做准备,再到我跟着老板娘掉进那个不停旋转的光洞里,来到这儿……"沐辰说，"综上所述，再结合老板娘这一系列的反应来看，猜不到应该也挺难的。"

这样的事情虽然不是闻所未闻，可要说能够碰上，却也足够离奇。

洛浮靠近了他一些，更加仔细地观察他的神态："猜到了就能够接受？"

这几天，她不是没有试探过他，可没有一次试探出什么来。

她不相信作为一个普通人能够这么快接受这种事情，哪怕她并不是人类，但在这样的事上换位思考实在不是什么难事。在洛浮看来，沐辰这样的反应，要么是接触过，要么是相信着。可再怎么异想天开，再怎么脑洞清奇，要相信这样的事情，也并不是那么容易的。

更何况，他这样的反应，实在是太理所应当了。

洛浮细细观察着他的神色。

从前的洛浮是很大胆的，毕竟她不是人，不受限于那些条条框框，就算真的有哪儿没有处理好，在人类面前漏了陷，逃走就是，反正也没人抓得到她。所以，她从来都无所顾虑。

可现在的问题是，她怀疑沐辰也不是。并且，她看不透也躲不开他。虽然他表现得很无害，但这样的情况，难免叫人觉得危险。

也正是因为这份危险，所以，她不能和他直接摊牌说透。

她现在失去了能力，而他却捉摸不透。

　　洛浮一下一下地用脚尖点着地面，就像是舞会上揣着心事端着酒杯，站在一边打拍子的那些人。脸上看不出情绪，心却早飞到了不知哪儿去。

　　这种感觉实在太不好了。

　　顿了好一会儿，洛浮才状似无意地问："你知道这种事情？"

　　沐辰耸肩不答。

　　洛浮又问："现在的小孩子心理承受能力都这么强了吗？"

　　这一次，沐辰想了一会儿。

　　"可能是社会不一样，接受的东西也就不一样了吧，先不说那些穿越题材什么的，单论……好像也没什么可以单论的哦。"沐辰忽然笑了起来，"但我从小听鬼故事长大的。包括给我上课的老师，也最爱讲鬼故事。听得多了，自然也就没什么了。"他眨眨眼，"老板娘是不是担心我会不适应或者害怕？说真的，在穿越那个光洞的时候，我除了最开始的惊讶之外，落地之后，内心可以说是毫无波澜，甚至有些想笑。"

　　洛浮打断他："你老师给你讲鬼故事？"

　　"对啊。"沐辰答得理所应当，"课程需要。"

　　课程需要？

　　什么样的课程，会需要老师给学生讲鬼故事的？

"……你受到的教育方式很特别。"

沐辰认真回应道："谁说不是呢。"

3.

在沐辰到来之前，洛浮从来都是一个人。

一个人守着花店，一个人等待客人，一个人完成任务，周而复始。这样的生活持续了很久很久，洛浮不会算日子，对时间也没什么概念，唯一关于世界变化的印象，只是街上的景象和大家穿着的衣服。

在她的记忆里，最初的时候，外面没有汽车，只有马车，没有别的通讯设备，也没有这些琳琅的电器和娱乐设施。那时候，在街上走着的人，无论男女，都是长发长裙。那个时代，被现在的人们叫作古代。

她想，现在的这个时代，也会变成未来的古代吧。

端着沐辰给她准备的鸡翅，洛浮坐在跨海大桥的桥栏上，边叹着气，边啃着肉。

这么久的日子，她都自己过来了，原本以为早习惯了，等人、做生意、等人……严丝合缝，这样的生活里，好像插不进一个多余的人。但现在看来，不得不说，身边有个人插科打诨，到底比一个人更好。

当然，如果身边的人不这么让人看不透的话，就更好了。

"老板娘啊……"

沐辰站在洛浮身边，双手搭着栏杆靠在那儿，一副懒洋洋的样子。

"干吗？"

海风从对面吹过来，很凉很大，洛浮一转头，就被风吹得头发糊了一脸。她一把拨开，随意地将它们别在耳后。

"怎么，叫了我又不说话？"

沐辰抬头望着坐在栏杆上的她："没什么，我就是觉得周围太静了，随便制造点儿声音。"

"那你觉得现在热闹了吗？"

"比之前好多了。"

洛浮说："怕安静的话，唱首歌会更热闹。"

"对着大海？"

"你要想对着我也行。"

"哦？"沐辰顺着海风把刘海抄到脑后，随后笑了笑，"老板娘真有情趣。"

洛浮瞥他一眼，纵身往外一跳，沐辰眼皮微动，下意识就伸手抓住她的手臂。却没想到，洛浮稳稳落在了桥外不宽的平台上，连盒子里的鸡翅都没动一下。

"你干吗？"

沐辰松开手："下意识想要英雄救美。"

"英雄救美？"洛浮满脸的认真，"你这么高看自己的吗？"

　　沐辰一脸无所谓："那就顺手救美？唉……我这个人不大会说话，一句话里有一半准确的就行了，老板娘不要和我计较那么多。"

　　洛浮笑着点点头，这句话倒是让她很受用。

　　"话说回来，老板娘啊，你就这么放心我？"

　　"我放心你？"

　　"不然你为什么就直接这么坐在栏杆上，还背对着我。"他问，"你就不怕我把你推下去吗？毕竟，不管再怎么美，现在的老板娘也只是个弱女子不是。"

　　敏感地捉到他话外的意思，洛浮眯了眯眼睛。

　　"现在的……是什么意思？"

　　如果没有记错，她似乎没有将自己失去能力的事情告诉沐辰，或者说，不仅没有告诉，而且还刻意在瞒着他。

　　就算她的感觉被削弱，但沐辰离她这么近，只要他对她有过灵力上的试探，她便不会察觉不到。

　　"那好吧，不仅仅是现在，老板娘一直就是个弱女子嘛。"

　　见他又打着弯儿绕过去，洛浮想了想，也没有和他在这上面多做纠结。通过这几天的相处，她算是勉强了解了他一些。沐辰是那种只要自己不想说，就一个字都不会吐露的人，换言之，但凡是他说了的，就一定是他本来就打算讲的。

然而，这个人有一点实在讨厌——

每次说话，要么就说一半，要么就说个头儿给你自己瞎想。

真是叫人想打人。

洛浮转回头来："所以，你是觉得像我这样的弱女子很好欺负了？"

"那倒没有。"沐辰顿了顿，"老板娘长得这么好看，是个人都舍不得欺负。而那些不是人的……"他抬手戳了戳洛浮的肩膀，"那些不是人的，老板娘应该也不认识吧？"

"当然。"洛浮答得理所应当，"我这么弱，胆子自然是很小的，哪里有那个本事和渠道去认识他们？"

沐辰若有所思："我也觉得是这样。"

这个话题到这儿算是告一段落了，但洛浮却觉得心里憋屈。每次她提出的试探都没有成功不说，还总能被他反将一军，这真是叫人很不爽。

这座跨海大桥很偏，哪怕是在白天都不热闹，现在时间这样晚，人和车自然就更少了。

可也就是这个时候，远方传来车轰鸣的声音。

来的车不止一辆，并且每一辆都开得很急。这样快的速度，距离又这么近，两个人朝着车来的方向望去，心底同时冒出一个想法——

这样开车，真的不会发生事故吗？

"砰！"

在车祸发生的那一瞬间，洛浮和沐辰的脸上一起浮现出诸如震惊、意外，还有懵逼之类的一系列表情。

洛浮难得呆了那么一瞬："这么灵的吗？"

而沐辰眼皮一抬，很快又恢复原状。她应该不是看出了他的想法，那么，大概是他们刚才"心有灵犀"了。

洛浮不是一个多热心的人，或者说，其实她还有些冷漠。大概是天生的吧，她非常怕麻烦，也很不喜欢多管闲事。

可沐辰明显没这么闲得住："老板娘，你不去看看吗？"

洛浮沉吟道："万一是碰瓷怎么办？"

沐辰看了一眼前边还在冒烟的兰博基尼车尾，以及那辆差不多报废了的轿车，得出结论："如果真是碰瓷，那对方也是很拼的。"

"我觉得吧，谁遇见什么都是天意。"洛浮懒懒地开口，"在早就注定的事情上来挥洒我的热心，怪不值当的。"

这座跨海大桥很长很长，而他们在桥的中间，不管往哪儿走都还要走很久，在这样的情况下，如果她要找人过来，应该会跑得很累的。洛浮想着，鼻子一热，于是习以为常地掏出手帕，揩了把鼻血。

"可……"

"而且，我晕车。"洛浮指了指自己的鼻子，"都晕出血了。"

"……"

沐辰一时语塞。

在往常，要遇见这种事情，如果洛浮有手机，大概也会打个急救电话，可惜，现在的她并没有手机这种东西。还有，这种情况，明显就是有所预谋。在不清楚这件事背后有何牵扯的情况下，为了一个不认识的人贸然出手，去管一件不知会不会引起风浪的事情，洛浮觉得这样很蠢。

对她这种态度，沐辰很不赞同，却也无可奈何。他现在不能离开洛浮，哪怕她已经没有了能力，毕竟，她也是很狡猾的。

于是，一个不想管，一个不能管。

两个人就这样站在不远处的路灯下。

可惜，有些事情看见就算是搅入了，不是不想管就能不管的。比如现在。

车上很快下来几个人，看得出来，除了中间被夹着的那辆车中有人重伤之外，另外两辆车，虽然撞得严重，人倒是还好。尤其是很快，在他们之外，这里又迅速来了两三辆车。

车后座下来了两个人，在勘察完现场状况之后，迅速拿出手机给谁打了一通电话。如果放在其他情景，这样的表现或许看起来会像在报警或者求助，然而，他们在打电话的过程中，眼睛一直都紧紧盯着洛浮和沐辰，说话声音也很小，比起报警，更像是在报告些什么。

洛浮不动声色地看了看身后，在看见大桥的高度与深不可测的大海之后，瞬时打消了跳海逃走的念头。

"老板娘……"沐辰小小声凑近她。

"嗯？"

"我怎么觉得背后麻麻的？现在的情况好像有点危险的样子。"

洛浮扯住他的衣袖："别装了，你应该走得了的吧？"她一顿，"走的话，带上我。"

谁知沐辰满脸惊悚："原来老板娘这么高看我的吗？不过我可能要让老板娘失望了。"他说，"但我们应该不会死的吧？"

他才刚刚说完这句话，那边的人便挂了电话，接着，一个抬手，黑洞洞的枪口便径直对准了他们。

洛浮心下一惊，眉头紧紧皱了起来。

放在以往的话，面对这些事情，因为她不是人，所以并不用怕。可现在不一样，现在很多事情都非常乱，这毕竟是异世，她的能力也全部消失了，要真的发生些什么事情，谁知道结果会怎么样呢？

这场车祸明显是人为的，甚至明显到了已经不在乎别人能不能看出来的地步。

三辆车原本是前前后后开着，中间偶有并行，却在一个时刻，左边的车一下子插到了中间兰博基尼的前边，兰博基尼猛地踩了刹车，却被后面的车狠狠往前边撞上去。于是，就像被挤瘪了馅的汉堡，中间那辆车从光亮打眼变成狼狈残破也就是一瞬间的事情。

很快，前后的车上下来两个人。他们的身上做着防护措施，虽然早有准备，但也受了伤，不过比被他们架出来的那个血肉模糊的人要轻得多。

就在他们刚刚把人架出来的时候，洛浮眼睛一瞥，看见什么，心脏很快地紧缩。

如果没有看错，他们架着的人是唐子谦。

与此同时，持枪的人扣下扳机。

"等等！"

洛浮猛地开口，声音轻颤，脸上有掩饰不住的激动。这般模样，连沐辰都被她吓了一跳。

4.

下意识地回头望向洛浮，沐辰还没来得及有什么反应，就被她眼里的红色给惊了一惊。她不是没有能力了吗？那这又是怎么回事？！

但没有想多久，沐辰很快又沉下心来。

虽然不知道她是因为什么恢复的能力，但在这种情况之下……

不得不说，很及时。

"放下。"

在与她对视上的那一刻，持枪的男人便从最初的果决变成了明显的呆愣，接着，那边所有的人像是一起被她控制住了心神，竟然全部停下了脚步，所有表情都消失在了脸上。再要看去，一个一个，净是麻木。

海风很大也很冷，横过跨海大桥，带着咸咸的水汽打在每个人的身上。

沐辰就这样看着洛浮向那边走去。

她穿过那些男人，走到唐子谦的身边，接着，伸手，抚上他染血的脸。

其实真要说起来，沐辰与洛浮应当是并不相熟的，他们认识不久，交情不深，彼此防备，就算有些熟悉，也绝对不是对朋友那种一眼就能看见变化的了解。可即便如此，沐辰也还是能够确定，眼前的洛浮不是洛浮。

或者说，现在的她，和他平时所看见、所认识的那个洛浮，不是一个人。

"你没事吧？"

她开口，发出的是一个陌生的声音。这样的感觉，就像是她的身体里住着另外一个人。

那个声音微微发颤，带着点害怕，带着点说不清的担忧与恐慌，听上去像是别人扼住了喉咙，哑到说不出话了似的。

那不是洛浮的声音。

现在这样，也不是洛浮该有的样子。

"你不会有事的。"她慌乱地掏出随身带着的帕子，小心翼翼地擦拭着他脸上的血，"你还没有记起我，你还欠我那么多没有还，你怎么可以出事呢……"

她念着念着，眼泪就掉下来，大概是因为视线模糊了，那原本在给他擦脸的帕子也歪到了脖子上去。

可即便如此，她的另一个动作却并不含糊。

从洛浮指尖飞出的点点细光，全部聚集在了唐子谦的伤口上，它们就像是最灵最见效快的伤药，以肉眼可见的速度在帮助着他的伤口愈合。

沐辰始终不语，只是站在一旁，抱着双臂，静静看着她。他不清楚这是什么情况，唯一能够确定的，大概就是，这种情况，"洛浮"本人并不知道。

他曾经听老师说过一种秘法，传言，有将死之人能够借此将魂灵依附在别的身体上。他不清楚洛浮是不是这样，只知道，在那些传说中，不论施法的是不是人，那个被施法方，都不会是妖。

可如果不是这样，那这又是怎么一回事？

血腥味越来越浓，它们顺着风钻进他的鼻腔，弄得沐辰一阵反胃。也是这样，他才终于回过神来，认清现状。

这实在不是个适合思考这些问题的时候。

他上前拍了拍洛浮的肩膀。

"老板娘？"

洛浮回头，眼睛里的红色正在慢慢褪去。而随着那个颜色的褪去，她的表情也越来越迷茫，好像正在一点一点，变回他所认识的模样。

沐辰心下一动，忽然想到些什么，连忙转头。果然，那些原本被定住的人，此时也没有了最初的呆滞，说不准什么时候就能恢复意识。

"糟了。"沐辰低低道。

一下子也顾不得洛浮是什么反应，他扶起人就往一辆完好的还未熄火的车里钻，拉完她之后，他又立刻转身把唐子谦也扶进去。说来，在扶唐子谦的时候，沐辰是很惊讶的。

亲眼看见那一场车祸，他当然不会不知道唐子谦之前伤得有多重。或者，就算没有看见，单凭这一地的血，也能想象得出他经历过什么。可现在，唐子谦的身上，除了之前留下的血痕，居然已经没有了新鲜的伤口。

　　沐辰的目光停留在他面颊上唯一那道留得比较深还没有完全愈合的伤口上。那个地方，洛浮之前挥出的微光还没有散去，他因为离得近，能够清清楚楚看见伤口愈合恢复的全过程。

　　那些肉不是自己长好的，而是贴近的微光化成骨血，将自己补了进去。

　　沐辰一惊。

　　如果没有猜错，洛浮刚刚的动作，是散出了自己的元魄，在为他做治疗。

　　就在这时，离沐辰最近的一个男人发出一声低吟，似乎是已经恢复了部分意识。

　　沐辰见状连忙将唐子谦丢进后座，自己坐进驾驶室，飞快离开了这个地方。

　　只是，就在他驾车的时候，都还一直在想。

　　唐子谦到底是谁？洛浮刚刚又是什么情况？他们之间，到底发生过什么？

【第三章】

YUJIANTADE
NAJIAN
HUADIAN

非礼勿视，非礼勿听，非礼勿言

1.

洛浮是在一个男人的怀里醒过来的。

其实，在神志完全清醒之前，她以为怀中是个抱枕，因此，她极为顺理成章地捏捏蹭蹭，就像自己从前睡觉时惯常的动作一样。

而之所以会清醒过来并且意识到，这并不是个抱枕，完全是因为——

"别动这儿，很痒啊……"

猛地睁开眼睛，洛浮一个鲤鱼打挺坐了起来，可能因为心底慌，动作也大，于是她的手掌正好就压到了沐辰的头发。

"嘶——"

沐辰被疼得倒吸口冷气，一个激灵拨开她的手："你干吗？！"

他的声音有些闷，还带着点点起床气。

而洛浮愣了一愣，低头，抬头，再低头。很快，她晃了晃脑袋，扬起手对着沐辰就是一巴掌。

"啪——"

洛浮望着自己的手，低低感叹："哇，不是很疼嘛。"

"……"沐辰一时语塞，好半天才想起回话。他捂着脸、咬着牙，"不然我们换换，拿我的手掌接触你的脸，再看疼不疼，怎么样？"

可这时，洛浮却忽然恢复了淡定："你该不会以为我是觉得自己没睡醒吧？"她清了清嗓子，"虽然在梦里的人不会知道自己在做梦，但睡醒过来的人一定知道自己已经醒了。"

"……那你这是？"

洛浮眨眨眼："在教你规矩。"

沐辰蒙了："什么？"

洛浮讲得理所应当："你见过老板和打工的睡一张床的吗？"

面对她的无理取闹，沐辰气极反笑："的确，我是应该尊敬老板娘，可老板娘您看……我的工资是不是还没发过呢？"

"所以我控制了力度，打得不是很疼嘛。"她扬扬手，"力的作用是相互的，我试过了，你别想蒙我。"

背过身子去，沐辰用力做了一个深呼吸。

虽然道理的存在就是用来讲的，可凡事都有例外，总有那么一些人，你是不能去和他讲道理的，因为这种东西，和他们根本就讲不通。很明显，洛浮就是这么一种人。

他早就知道的，犯不着为此生气，大概是因为睡得蒙了，没有反应过来，才会就着起床气和她争论。

在心底和自己念了好一通，沐辰终于压制住心头火气。

他老老实实下了床："老板娘说的是，我记住了。"

洛浮挑了挑眉头。

原本以为，能趁着他刚刚睡醒、意识不清的时候，拿话刺他，激出点儿什么东西，却没想到，这个小孩儿，年纪不大，性格倒是挺能忍的。不过若非如此，也就没这么有趣了。

她整了整睡乱了的衣服："这是哪儿，我们怎么在这儿？"

沐辰眼睛一动。

果然，对于前夜的事情，她半点儿也不记得了。

"这是唐子谦家。"他说完之后，停了停，刻意观察了一下她的反应。

果然，洛浮一愣，可虽然反应类似，但这个"愣"和昨夜的"愣"明显不是一个出发点带出来的。昨夜她的愣怔是出于担心，而现在，明显是因为惊讶。

"唐子谦？你怎么找到他的？"她皱着眉头，"我们昨天不是看到车祸之后，不久就离开大桥，回去休息了吗？"

沐辰心思一转："老板娘你是真的不记得了吗？昨天晚上，我们所见的那场车祸的主人公是谁？"

　　"谁？"洛浮想了想，"你该不会告诉我……"她一顿，"是唐子谦？"

　　"就是他。"

　　洛浮沉默良久。

　　"是吗？"

　　语毕又是一阵沉默。

　　她说："我不记得了。"

　　我不记得了。

　　很浅的一句话，却被她念得极深。

　　其实她的记性从来都是很好的，只是，不知道从什么时候开始，每隔一段时间，她就会陷入一阵莫名的恍惚之中。而在那恍惚之间发生的事情，她一点儿都不记得了。

　　原本以为都是些琐碎不重要的事情，现在看来，或许不止如此。

　　在这次之前，她对自己的遗忘有过怀疑，也有过猜测，却没有过多去想。毕竟，很多时候，一个人是不会知道自己究竟忘记了什么的。尤其在那些时候里，他们连"忘记"这件事本身都不记得。

　　洛浮一个人过了很久，从来没有一个身边人能给她做参考或提醒，因此，她也从来没有重视过这件事情。可这一次，她忽然感觉到了危险。

　　如果她连这个都可以忘记，是不是说明，她也曾经不记得过许多重要的东西？

"老板娘，你在想什么？"

洛浮从思绪中抽回神来。

"那你呢？"洛浮飞快掩好心思，不答反问，"刚刚观察我那么久，你在想什么？"

沐辰满脸诚恳："在想我刚刚问的那个问题。"

"哦，那既然你回答了我，我也不能不回答你，不然好像很没有礼貌。"洛浮撩了撩头发，冲他招招手，沐辰见状凑了过去，接着，就听见洛浮很小声地在他耳边说——

"我刚刚在想呀，这个世界太危险，我又是这么一个弱女子，一定得好好保护自己。"她顿了顿，"而一个女人嘛，保护自己的第一点，就是一定不能让一个明显看上去就很危险的人，知道自己在想什么。"

沐辰被这话一噎，没了回音。

反而是洛浮，她清了清嗓子，一下又恢复成平时那个叫人捉摸不透的女子。

"昨天发生了什么？"

沐辰不动声色地打量她几眼，最终半真半假回了话。

他极其简单地交代了一下事情经过，无非是什么车祸之后，洛浮莫名昏倒，而他在唐子谦钱包里翻到身份证，看见他的住址，拿着钱背着两个人换了几辆车回到这里，累死累活。他下意识隐去了她为唐子谦疗伤那一段。也没有讲，她是如何扒着唐子谦不放手，他又是如何无奈去扯她，她扒的人到底是如何换了一个的。

说完之后，沐辰看似好奇："老板娘，你在做这桩生意之前，认识唐子谦吗？"

"不认识。"洛浮下意识回答，答完之后又斜了眼睛，"做什么？"

"不做什么，就是好奇。毕竟老板娘看起来不是普通人，而往往厉害的人都是无所不知的嘛。"沐辰一通乱扯却说得毫不心虚。

可这话听在洛浮耳朵里，却又不对了："不是普通人？你觉得我是怎么不普通了？"

"啊，这话是我含糊了。"沐辰笑出一口小白牙，"我的意思，老板娘毕竟不是人嘛。"

洛浮瞳孔一缩。

她知道沐辰对她不可能一无所知，她也知道沐辰喜欢装疯卖傻，可她知道的，只是他愿意让她看见的，而他在这样的外表之下所隐藏着的那些东西，她其实一无所知。因为不知，所以无法预测，所以每每被他打乱节奏牵着走。

而这一次，他忽然捅破他们之间的窗户纸，又是为了什么？

洛浮还没想明白，却听见沐辰带着笑意的声音又响起。

"老板娘当然不是人，老板娘是小仙女呀。"

"……"

沐辰继续笑："如果不是小仙女，老板娘昨天怎么会发光呢？"他用手划出小星星，"亮亮的，一闪一闪的，从老板娘的指尖飞出来，那一幕……怎么说呢，总之就是很好看。"

洛浮微怔："什么？"

什么发光，什么指尖？那是她施放灵力的动作没错，可她在这儿不是早就没有灵力了吗？她不是释放不出来吗？

沐辰不动声色地观察了她一阵，在确定她是真的不记得而不是假装之后，耸肩。

"老板娘不知道吗？呀，那也可能是我做梦梦到的。"他说，"老板娘也说过，做梦的人不知道自己在做梦嘛。"

洛浮几乎是咬着牙："可你已经醒了。"

沐辰忽然闭眼一阵又睁开，伸个懒腰，作惊奇状。

"咦，我怎么在这儿？老板娘……你怎么也在这儿？"

洛浮："……"

沐辰："嗯，我刚刚可能是梦游了，听说梦游中的人和平时醒着的时候没什么差别，我看不见自己，但老板娘你觉得呢？"

洛浮几乎要被气笑了："装疯卖傻？"

沐辰眨眨眼，看起来很是纯良："皮卡皮卡？"

洛浮的指节被捏出一声脆响。

就像是在烧得沸腾的油锅里，有人忽然泼进一瓢冷水，于是滚烫的油全都溅了出来，飙在离油锅不远的人身上。洛浮觉得自己就是那个人。明明知道那只拿着瓢的手要做什么，还是会克制不住被他带偏、忽视那瓢里的冷水，到了最后，只能看着自己身上被溅出的印子懊恼，然后对他提高一些警惕。

然而，她并不真的能够确定，下次的自己还会不会继续被他带偏。洛浮越想越堵，刚刚准备发作，可惜，还没来得及，就听见半掩着的门被叩了几下。

洛浮的怨气值积得很满，已经满到了喉咙口，是以，这时候开口，她即便再怎么努力告诉自己需要平静，也还是不由得带上几分不耐烦——

"谁啊？"

门外的人愣了一会儿。

"打扰了，我是唐子谦。"他说完之后，又隔着门板极有礼貌地问，"请问，我可以进来吗？"

2.

沐辰站在一边，眼观鼻鼻观心，默默看着唐子谦与洛浮彼此相对，大眼瞪小眼。

好半天才等来一句话。

却是唐子谦带着满脸不可置信的表情唤出来的。他小心翼翼开口，仿佛之前的愣怔，全都是因为这一个情绪。

他向来平静的面上出现一丝裂缝："洛浮？"

由于前夜里，唐子谦重伤，即便是被洛浮的灵力修复好了也还是处在受创的状态，昏昏沉沉一直睡到刚才。所以，他和洛浮并没有见过面，只是迷迷糊糊之中，记得是有人救了自己，并将自己送回了家。

按照常理，唐子谦应该是要来感谢对方的，只可惜，他并不习惯轻信于谁，即便是救了自己的人，他的第一反应也是防备。因此，他没有第一时间过来找他们，而是选择先理清自己的思路、回想之前所发生的事情，然后做些推断，并根据这些推断来考虑该怎么应对那两个救了他的陌生人。

只是，没想到，站在他眼前的人竟然是她。

他不确定似的又唤一声："洛浮？"

与他相比，洛浮便显得漫不经心多了。

她敷衍道："嗯，在呢。"

唐子谦上前几步："你这些天去哪儿了？"

洛浮奇怪："到处在找你啊。"

"找我？"唐子谦的表情变得有些复杂，"如果真是在找我，之前又为什么一声不吭就走？为什么一直不回来？"

前边都还正常，却是到了这个时候，洛浮和沐辰的心里同时浮现出几分怪异。

"那个，你在说什么啊？"

莫非，这个唐子谦……

"我知道，你不愿意。"唐子谦答非所问。

说话的时候，唐子谦的眼帘垂了下去，像是在努力掩饰什么，却最终泄露了几分失落。

"没关系，你不愿意，我就不再提了，总归我是可以等的。"

他抬起眼，对她笑了笑："好好休息。"

这时候，沐辰才发现，原来，在唐子谦失明之前，这双眼睛这样亮，里边也承载过这样多的情绪。也是这时候，沐辰又发现，今天的洛浮，在面对着唐子谦的时候，没有了那份异常。由始至终，她的表现都能淡定。

与沐辰所想不同，也没注意到其他什么，洛浮只是一惊。

如果没有猜错，这不是那个与她做交易的唐子谦。这是四年前的他，什么都不知道，什么也没发生。可若当真如此，那么事情就变得很奇怪了。

因为他认识洛浮。

同名还好说，长得相似也好说，可他认识的却像是她这个人。

然而，洛浮很确定，四年前的自己并不认识他。

或者说，不论是四年前、四百年前，还是四千年前，她都不认得他。

在洛浮的记忆之中，关于唐子谦唯一的印象，只有那个雨天。那天，他带着空洞的目光和薄弱的灵魄走进店里的那一幕。在他们见面的时候，唐子谦已经看不见了，又因着魂魄将散，五感也薄弱一些。在那样的情况下，他对她说，他要和她做个交易。

接着，她查阅古籍，破开时空，来到这里。

仅此而已。

这是一个谜团。

然而，与此相比，还有一个更大的谜团。

那就是，如果他真的只是四年前的唐子谦，他们是不可能碰面的。因为她是时空旅人的控制者，而他是她的雇主的前身。为了防止意外发生，在这个时空里，世界自我保护的压制之下，他们绝不可能见面。

这实在是一个很大的悖论。

她想，她需要将这件事情弄清楚。

思及此，洛浮抬眼，对上唐子谦的目光。

"那个，这段时间发生了很多事情。"洛浮小心翼翼地开口，"我其实忘记了一些事。"

唐子谦的眼睛猛地睁大。

"原来的事情，我想不大起来，也不很清楚。我只记得，你是唐子谦。"她说着，顺手扯过在边上看戏的沐辰，"对了，介绍一下，这是我弟弟，他叫……洛辰。我前段日子发生了那些事情，就是他在照顾我，你有什么都可以问他。"

洛浮转头，笑眯眯道："小弟，前段日子我昏昏沉沉记不清楚的那些事情，你都应该还记得吧？"

沐辰僵硬了一会儿，很快从善如流。

看来她是一时编不出来，想找他挡一挡了。而他别无它法，只能承认。

"当然，记得的。"

可唐子谦却是微微皱眉，似是想到了些什么。

他是她的弟弟？真的吗？可为什么从前从没有听她说过？

还有……

唐子谦四顾了一周。他们昨天是睡在一起的？

就算退一步说，他们真是姐弟，但也不是小孩子了，洛浮和这个人都是成年人，睡在一起真的合适吗？这个弟弟早不出来晚不出来，偏偏在她失忆的时候冒了出来……

这真不是有人刻意安排的？

洛浮看出他的担忧："你放心，这真的是我弟弟，亲弟弟。以前没有告诉你，是我觉得没必要，毕竟他一直在国外，实在是很少回来，远得像是不存在一样。"她说，"就像，我即便失忆了也还记得你，我也是记得他的。"

闻言，唐子谦稍稍放下心来。

也不怪他想歪，毕竟昨夜的车祸太过明显，他虽然没有晕倒之后的印象，但被追逐和撞击的记忆，他实在是很清晰。那些人分明就是要置他于死地的。连这样的招儿都用上了，那么，在此之前，背后的人还做过些什么其他的动作，便也不足为奇。

是的，唐子谦将洛浮的失常与这件事联系在了一起。

他的脑子飞速运转。如果真这样说，那么洛浮当初不是无故消失，而应该是出了什么事情。也难怪他怎么都找不到她。

思及此，唐子谦再次望向洛浮的时候，便多了几分愧疚。

"你除了记忆有损外，还有哪儿不舒服的吗？"他半蹲下身子，"要不要去医院？"

"不用了。"洛浮入戏地摆摆手，"我已经好多了，你不用担心。对了，你怎么样？身上有没有哪里不舒服？"

她这么问，完全是想转移他的注意力，可听在唐子谦耳朵里，却有些暖。

他笑着："没什么，除了头晕之外就没有别的问题了。说起来有些奇怪，我迷迷糊糊之中觉得自己好像受了很重的伤，醒来却发现身上只有些很细小的口子……大概是昏倒时产生了幻觉吧。"

他说完，又带上忧虑："反而是你，真的没事吗？"

失忆这种事情可大可小，在他看来，失去记忆这件事情本身并不算什么，但引起失忆的原因有很多。他害怕她的身上还有潜在隐患，那些隐患，一时查不出，一时就让人不安。

"真的没事，别想太多，我挺好的。"

虽然她说不必担心，但他怎么能不担心？唐子谦努力控制着，不让眉头皱起来，想了想，没有继续下去这个话题。

只是，很明显，他就算不再纠结这个，也没想到什么好的地方去。

果不其然，过了会儿，他忽然问道："你只记得我是唐子谦，不记得我们的关系吗？"

听见这个问题，洛浮心底一蒙。

他们之间还有什么关系吗？这么想着，她也就顺口这么问了出来。只是，在问题出口之后，她忽然生出一种不好的预感，并不希望他将后面的话说出来。可惜，当她想制止的时候，已经晚了。

洛浮只能眼睁睁看着他握上自己的手，笑得温柔。

"洛浮，在你消失之前，我是你的未婚夫。"他说完，在看见她不可置信的眼神时，又有些苦涩。

"可现在，我愿意和你重新认识。"

沐辰和洛浮皆呆在原地。

但还好，这是两个不管心里什么反应，脸上都还勉强能够维持住淡然的人。

"所以，你好，我是唐子谦。也许你现在对我这个陌生人有所防备，但我希望你能够暂时相信我。毕竟，现在的外边并不安全。"他顿了顿，"之前是我连累了你。可这一次，我会保护好你。洛浮，你要信我。"

3.

——洛浮，你要信我。

不得不说，那天唐子谦将这句话说得很认真，认真到，就算是现在，洛浮再想起来这句话，还是会忍不住冒鸡皮疙瘩。对啊，只有鸡皮疙瘩，完全没有感动。

她是一个不喜欢谈感情的人。

这话说得很奇怪。

其实，由始至终，她会走上这条路，冒着违逆天命的危险与人交换魂魄，都是为了一个人。她知道自己是深爱着那个人，也觉得自己是不能失去他的，却就是从来记不起他是谁。这种感情很难讲清，她从前没有细究过，因为她从来没有做过对比。

却是今天，在看见唐子谦的时候，她忽然就有些迷茫。

洛浮觉得，比之唐子谦的激动和控制不住，她的这份感情，更像是被谁强加在心上的。她可以为那个人做任何事，真要提起什么"喜欢"、什么"爱"，她也能够想到这个人的存在。不然，她其实是半点儿都感觉不到的。

原来没有细究，现在却很疑惑，这是怎么回事？

她越想越想不清楚，原本清楚的思路，像是忽然被一层雾给隔断，那雾气漫得很快，不一会儿就让她一片模糊，接着，什么也再看不分明。甚至，想久了，连她的头也开始疼起来。

很多时候、很多事情，都是当局者迷，如果这个时候有一个局外人在，说不定能帮她分析明白。可洛浮谁也不能说，谁也说不出。

就比如沐辰好了。

她猜，如果她真要和他说了，估计他能给出一百种猜测的结果，甚至更离谱一些，他还可能会觉得她记忆里那个模糊的人就是唐子谦。的确，如果真是这样，那么很多让人困惑的事情，就都有了答案。

可她知道不是。

这很奇怪，明明她对什么都淡然，对什么都模糊，却在这件事上那么肯定。

她肯定，那个人不是唐子谦。

洛浮轻叹，摇了摇头。

算了，不想了，想也白想。

她将脑子里之前的想法都晃出去，开始整理着这段时间打听到的事情。

也是前几天，她才从唐子谦口中知道，她回来的时间段出现了差错。现在不是四年前，而是两年前。并且，这个世界里本该有一个洛浮，可因为她的出现，于是那个洛浮消失了。

是她代替了这个世界里的洛浮。

她终于找到自己能力被强压的原因，却一点儿也高兴不起来。

托着腮坐在飘窗上，洛浮望着窗外——

所以，不代替那个人走完这段剧情，自己就回不去了，是这个意思吗？

还有，唐子谦本来应该是"参观者"的身份，现在却变成了参与者，所以他也完全不记得自己现在和未来会发生的事情。在这样的情况下，她要怎么做才能够不改变时空轨道走完这段剧情呢？

"烦啊……好烦啊……"

"叮！您的生活小助手已上线，请问是有什么烦恼吗？"沐辰不知道是从哪儿冒出来的，此时就直直站在她的身后，"如果有烦恼，老板娘可以和我说说。"

洛浮冷着脸："你哪位？"

"这个问题真是漂亮。"沐辰挑了挑眉头，"我就是传说之中，居家旅行、穿越时空的必备良……人。"

那个"药"字在口中转了个圈，最后出来，变成了"人"。然而，也就因为他急转弯的这一变，最后那个词便显得有些暧昧。

却还好，洛浮并没有注意到这份暧昧。

她嘴角微微抽动，盯着窗户里沐辰的倒影。

"这位……助手先生。"

沐辰笑得很公式化，仿若一个真正的服务人员："哦，这位美丽的女士，请问有什么需要帮忙的吗？"

"有的。"洛浮起身走向他，停在他的背后，右手搂住他的肩将他拉下来些，左手指向自己之前看着的窗户，放轻了声音，像是在说一个秘密。

而沐辰如同受了影响一样，也配合地弯下身子，将耳朵贴近她。

接着，就听见洛浮悄声说："我的要求就是说麻烦你从那儿跳下去，别回来了，谢谢。"

"……"

"老板娘你也太狠心了，这里是十八楼啊，我要真跳下去，估计也就回不来了。"

洛浮听得很是舒爽："听你这么一描述，嗯……真是美好的未来啊。"

沐辰也不再和她玩角色扮演，身子一转摆脱了这样勾肩搭背的动作："老板娘想出原因了吗？"

洛浮挑眉："什么原因？"

沐辰勾唇："那么老板娘想出解决的办法了吗？"

洛浮继续装傻："解决什么？"

沐辰直直盯了她一会儿，最终叹一口气："其实刚刚那两句都是我没话找话说的，我真正想问老板娘的，是今晚上准备吃什么？"

"烤……"

"烤鸡翅？"沐辰抢答。

洛浮冷漠脸，明显是不甘心被他猜中："不是。"

于是，沐辰意外了："不是？"

这时候，洛浮才发现自己方才有些幼稚了。

不过这也不是她的锅，这一定是沐辰的错。否则，为什么她和别人在一起的时候都正正常常的，只有和他在一起的时候才幼稚？她越想越觉得就是这样。

她觉得，自己一定是被这个蠢货传染了。

可是刚刚才说不是，现在反悔，又实在很没面子。于是她强行高深。

"烤翅就是烤翅，又不一定要鸡。唔，剩下的你自己看着办吧，我去休息一会儿，没弄好之前别来打扰我。"

说完，洛浮朝着卧室走去，只留下默默无语的沐辰立在原地。

好半晌，沐辰才无奈地笑笑，接着便准备去买烤翅。

沐辰边走还边想，既然她都这么说了，为了不拂她的面子，那就鸡鸭鹅一个来一点儿吧。只是，刚刚想到这里，沐辰又怔了怔。

居然已经对她的指使习惯到这种地步了吗?

真是不妙，恐怕，再这么下去，他怕是真要成她的贴身保姆了。

4.

唐子谦已经离开这儿许久，并且，在他离开期间，除却每天一个定时的电话之外，再也没有露过面。然而，就是那偶尔来的几通电话里，他的声音听起来也很是疲惫。洛浮隐隐猜到，他是在处理一些事情，而那些事情大概和他所遇见的车祸有关。

却是万万没想到，事实上，那次车祸的原委他早调查得差不多了。

他真正在找的，是洛浮失常的真相。

当一个人认定了一件事情之后，他就会入障，会深信、会多疑，会将任何意外和巧合都当成与之有关的蛛丝马迹，会在那上面一点点抽丝剥茧，试图找出自己隐约猜到却无法认定的真相。

可却因为在这些东西上做调查，而使自己陷入一场无妄的灾难之中——

这恰恰就是当年唐子谦失明的前因。

不得不说，时空的强压是很可怕的。即便人不对了、路不对了，但该怎么样，到了最后，其实还是会怎么样，不论中间出了什么差错，结果都是既定的。它总会用另外的方式将结果做出来。

只可惜，除了那玄之又玄的老天之外，这种事情，从来都无人知晓。

躺在沙发上翻了几个身，洛浮环着手臂，盯着天花板开始发呆。

她知道唐子谦有事情瞒着她，可因为他实在瞒得太好，所以她到现在也不知道，自己究竟被瞒了些什么。

不过，比起被瞒了些什么，洛浮更关心的还是这个世界里的"洛浮"和唐子谦之间的事情。她觉得，自己至少需要弄清楚他们究竟有着怎样的过往。不是为了模仿，也不是为了不露出破绽，事实上，洛浮对这个并不很重视。

左右她和唐子谦也没有什么关系和感情，这桩生意结束之后，他们也不会再有交集，甚至她还要拿走他的魂魄。这样的事情，做第一次的时候或许会有许多复杂的心情，但做得多了久了，也就麻木了。

况且，她也并不想多去在乎这些那些，在乎的事情多了，会很累的。

她想弄清楚，只是为了改变现状。

虽说她也不知道自己当初是怎么一时脑抽答应了他这件交易，竟然真的就这么穿破时空来到了过去，不顾前不顾后的，分毫没有考虑过可能会发生的意外。可事到如今，应都应了，来都来了，意外都已经发生了，再去追究也没什么用。

现在最重要的，还是要想办法让所有都回到正轨。否则，要真的这么混乱下去，不去解决这桩事情，她真担心自己可能会回不去。

这里是两年前的世界，也就是说，在时空的压制之下，她还能这么过活两年。虽然不能使用能力，但其实现在的生活算不得太糟。可问题就在于，两年之后呢？

她找不到穿梭时空的先例，也不知道被困在过去的人，如果顺着时间的流逝，回到他本应在的现世会发生些什么，心底终归有些不安。两年之后，如果她真的没能解决，洛浮隐隐觉得，天道为了保证世界不乱不崩，强压之下，可能真会要了她的命。

"太短了。"

她喃喃道。两年，真的太短了。

"什么太短了？"

沐辰从沙发的另一头冒出来，洛浮一惊。

"你什么时候在这儿的？"

沐辰摸摸头，一脸无辜："我一直在这儿啊。"他指了指沙发脚，"我都蹲在这里好久了，老板娘你也把我忽视得太彻底了。"

说着说着，他还有些委屈。

洛浮："……"

"你这副表情是要怎么样，是不是还想让我哄哄你？"

"那倒不必了。"沐辰几步走过来，低头望着依然躺在沙发上的洛浮，忽然俯下身去，"只是，我很希望老板娘能告诉我，你最近到底是在烦恼些什么。"

洛浮微微撑起点儿身子，与他靠得更近了些："好奇？"

沐辰勾唇："有一点儿，不过更大的原因，是我觉得，老板娘在烦恼的事情，也许我能稍微帮上些忙。不是夸大也不是吹牛，但我知道许多老板娘不知道的东西，那些东西，说不定老板娘能用上呢？"

他们离得太近，说话的时候，温热的气息便缠绕在了一起。

洛浮原本不觉得什么，现在却忽然有些不自在，尤其是鼻腔内忽然涌上一阵湿热。于是，她一手抄出身边的手帕，一手伸出了根手指，戳着沐辰的肩膀，将他推远了些。

"所以，你知道些什么？"洛浮擦着鼻血问。

而另一边，被推远的沐辰神色怪异地盯着她的手帕。

"老板娘原来这么纯情的吗？"沐辰意有所指，"只是稍微靠近了一点点，就这么激动？"

洛浮把鼻血擦干净，冷漠地望着他："说正事。"

在对上洛浮的眼神之后，沐辰瞬间正经："老板娘想问些什么？"

洛浮垂下眼帘，想了想。

这个空间对外来人的压制实在很大，作为一只存活千年的妖，就算是对她都影响颇深，而沐辰一个人类，却一点儿事都没有……这件事她从前没往深处想，现在看看，却是真的不正常。所以她想，他一定知道什么。

"你知道什么是时空压制吗？"

洛浮觉得鼻子有些痒，想了想，干脆用手帕堵住。这个样子实在有些叫人想笑，偏生她的表情又是意外严肃认真，于是沐辰憋了憋，勉强压下嘴角。

"知道。"

洛浮的眼睛虚了虚，他果然知道。

"你都知道些什么？"

沐辰歪头："老板娘问的是原理还是效果？"

洛浮也不废话："我想知道摆脱它的方法。"

沐辰闻言，沉默一阵："关于如何摆脱它，这点我还真不知道。"他说着，一顿，"啊，也不对！其实我知道一个。可我知道的那个唯一方法，就是回去。回去了就摆脱了。"

洛浮也不计较他的废话："那你呢？你为什么一点儿事都没有？"

"我这体质是天生的，不论到哪儿、不论遇见谁，都只能看得到和感觉到，却是不受影响的。"沐辰摊手，"比如第一次见到老板娘的时候，老板娘眼睛变红，我就只能看见老板娘眼睛变红，至于别的，就没有了。"

洛浮狐疑道："天生的？"

"嗯，天生的。"沐辰点头。

这时候，洛浮忽然蹙眉。

这种答案她不是没有想过，只是有些意外和不可置信，因为，在她的认知里，拥有这种体质的人，只有一脉……

"你是除妖师？"她凝眸，分明是个问句，却是陈述的语气，"你是段家的人。"

记不清是多久以前的传言了，洛浮只知道这个说法已经流传许久，久到是个妖都知道这件事情。或者说，不仅知道，还了解得很深。毕竟，这个关乎到他们的性命。

说起来只是一个家族的事情，可偏偏就是这个家族，牵扯了整个妖界。那是一个除妖世家，没人知道他们的本事究竟多大，也没有谁知道他们那些本事究竟都是哪里来的。他们像是天生的除妖师，血脉相承，与之有关的人，都掌握着克制妖术的能力。

这一克，就是数千年。

久了，妖界里没谁不怕的，大家不敢直呼那个家族门下族人的名字，于是，不论男女老幼，他们将其统称为段家。

比之洛浮，沐辰倒是淡定得很。

"老板娘，我姓沐。"他想了想，"我爸、我爷爷，都姓沐。"

洛浮却是丝毫不放松戒备，只是紧紧盯着他。

"老板娘，你别这样看着我，我知道你在担心什么。可我不会那么做的。"沐辰幽幽一叹，似真似假地说，"老板娘这么一个弱女子，我怎么下得去手对你怎么样呢？"

依照现在的境况，倘若沐辰真要对她做什么动作，她是必定反抗不得的。毕竟失去了能力的妖比人都还要脆弱，而沐辰却是真的深不可测。联系这段时间发生的事情想想，发现沐辰确实没有什么异常，洛浮原本紧绷着的神经终于稍稍放松了些。

只是，如果一个人在心底埋下了疑惑，那么不论轻重深浅，都是不会轻易被驱散的。

洛浮倚回了沙发上，半真半假地笑了声。

"你这么说，我还真是相信呢。"

沐辰耸耸肩："老板娘当然得信我，毕竟，如果不是我，老板娘可就不止流鼻血了。"

"嗯？"

"我除了能护自己，也能利用这个体质，护一护身边的人。怎么说呢，大概是一种磁场？"他轻笑，"老板娘不会真的以为时空的压制这么轻，流个鼻血晕一晕就过去了吧？"沐辰看似随意，话却说得认真，"所以，希望老板娘以后也别老是躲我防我，难道老板娘不觉得，在这个地方，离我远了，会有些难受吗？"

经他这么一说，洛浮才将这些日子几桩巧合联系起来。她皱着眉头，发现似乎真是这样。然而，心底是惊讶的，面上却不动声色。

她说："哦？我还以为是想你想的，原来不是啊。"

沐辰勾唇："或许两者皆有呢？"

洛浮但笑不语。

【第四章】

YUJIANTADE
NAJIAN
HUADIAN

唐先生

1.

　　沐辰的处境没他自己说的那么轻松，虽然体质是天生的不假，可事实上，他也并不是一点儿影响都没受。只是相较于她，他受到的影响比较小罢了。其实,在最开始的时候,他和洛浮考虑的方向完全不同。

　　洛浮想弄清事情的真相，想走完这里的剧情，以为不解决好就无法结束。而沐辰从一开始，就是想要回去。的确，洛浮不知道两年之后结果如何，她或许隐约能感觉到处境危险，却完全不懂那危险到底有多深。

　　与她不同，沐辰却是清楚明白得很。

　　若他们真拖到了那个时候，他们恐怕会死。

　　受时空压制而死。

　　只是，这一点，沐辰暂时还不打算告诉洛浮。在没有找到回去的方法之前，他都不打算告诉她。诚然，这里边有那么一些不信任的因素在，毕竟他不知道洛浮什么时候会恢复能力，恢复之后会不会自己离开，但更重要的，还是他在思考之后，觉得洛浮想的也有道理。

现在他们别无它法，只能受困于此，哪条路都走不通，哪个方向都是谜点重重。

这个时候，他们需要一条路，一条能走的路。而洛浮所考虑的"解决"，或许是他们现在唯一能走的一条路。

刚刚想到这儿，门铃忽然被按响。

据唐子谦所说，这个住处其实有些不大安全，因为这是个谁都知道的地方。而最危险的地方就是最安全的地方，这个说法其实早就过时了。

因为这是谁都知道的普通道理，所以但凡稍微有心的都不会放过。在洛浮晃晃悠悠去门口的时候，沐辰不动声色含了小小一块陶瓷刀片在舌下。

唐子谦说过，只要有意外，不论大小，他都会随时派人过来接他们离开。而他会这么说，潜在含义，就是他们可能随时都会有危险。

当时的洛浮还为此调笑过，说他不过是做生意，怎么弄得和黑道上的人似的。而当时的唐子谦也不反驳，只是说，正因为是做生意的才会如此，你做得大了，自然便抢了同行的那一部分，而断人财路的仇恨不亚于杀人父母，于是很多时候，商场也有些凶险。

那时洛浮没把话放在心上，不过，她好像什么事情都不大放在心上的。沐辰却是不自觉想起当日车祸，微微有些发寒。

"谁啊？"洛浮握着门把手朝外边喊话。

"请问是洛浮小姐吗？我是唐先生派来的。"

洛浮虽然不爱多想，也不至于这么没心没肺。

于是，她转了转眼珠，贴近了猫眼："我不叫洛浮，也不认识什么唐先生，你到底找谁啊？"

这是她开玩笑时与唐子谦定下的暗号，当时只是一时兴起，反而是唐子谦真的郑重想了许久。如果对方真是唐子谦派来的人，就应该知道，洛浮这句话出口之后，他要哈哈笑两声。

可门外的人并没有做这样的反应。

他顿了顿："洛浮小姐，别闹了，唐先生在等你。"

这时候，洛浮唇边的笑意淡了下来，手指却飞快动作，想用唐子谦留下的手机给他发信息。却不想周围被什么电子设备屏蔽了似的，居然一点儿信号都没有。

洛浮缓了口气："那你等……"

"等等"这两个字还没说完，外边的人已经开了锁。要不是门上还挂了一道安全锁，那些人恐怕现在已经站在她面前了。

透过这道不宽的缝隙，外边黑西装的男人满脸严肃："洛浮小姐放心，我们不会对你怎么样的。唐先生的情况真的很紧急。"

洛浮将手机一抛，随手拨开了安全锁。

"沐辰，你去帮我拿一下外套。"她这么喊道。

而眼前的人一点儿也不意外似的，径直往里走，直到走到不远处的沐辰身侧。

那个人说："我和你一起去拿。"

洛浮一顿，勾了嘴角："其实就在沙发上，几步路，也不远。"说着，她自己往那儿走去。

其实她方才唤沐辰那声，只是为了确定这些人到底知道多少。毕竟，他们清楚洛浮的底细还有可能，因为这个世界里"洛浮"是出现过的。可沐辰是她带来的，又一直站在角落，而那些人自开门到现在，注意力一直在她身上。

所以，如果他们有惊讶的情绪，知道的就一定不多。但很可惜，他们连一点儿反应都没有。

"你们这么紧张干什么？不过一件衣服而已。"她耸耸肩，"既然这样，还是我自己拿好了，不麻烦你们。"

就在她迈动脚步的时候，身边的人忽然举起手枪，抵住她的后背。

"洛浮小姐还是别乱动了。"

洛浮停下脚步："那好吧，我不动。"她说着，特别配合地举起手来，"衣服也不要了，我们直接走吧。"

持枪的人并未因此放松一些，但那恭敬的态度却是始终未改。

"多有得罪，还望见谅。"

他说着，掏出手铐反铐住她的双手。

洛浮在配合的同时还不忘回头看看沐辰，在看见他也是一般模样的时候，她抽了抽眼皮。

"你也这么识相啊？"

沐辰眨了眨眼："毕竟……我第一次见到这阵势，其实有点儿害怕。"

那个为首的黑西装男对身后那些人点点头，之后转回来："洛浮小姐不必担心，我们只是例行公事，唐先生还在等着您。"

洛浮的眼皮跳了跳，却并不慌张。

如果是在从前，这么一个小手铐，其实铐不住她。可惜，现在不是从前了，不要说这手铐，就是那几个人站在这儿，她也走不了。

却还好，看这几个人的模样，应该暂时不会把她怎么样。

那么，就走一步看一步了。

她低了低头："既然这样，那还不赶紧走？我可不喜欢迟到。"

2.

从离开公寓坐上轿车的那一刻起，洛浮就被黑布蒙了眼睛。虽然看不见身边情况，可她猜，沐辰应该也是这么个待遇。应该是吧？洛浮瘪了瘪嘴，那些人总不会那么不公平，只防她一个人。

想着，她脑袋一转："你们抓的另一个人呢？"她转向身侧坐着的黑西装，虽然看不见，但这并不代表她感觉不到，"他哪儿去了？"

黑西装男倒也答得干脆："他在后面的另一辆车上，等洛浮小姐见完了唐先生，自然就可以和那位先生回去了。"

"哦？"洛浮笑笑，"真的还回得去？"

黑西装男也跟着她笑笑："当然，唐先生对洛浮小姐一直都比较特殊不是吗？"他说完，又补充一句，"更何况洛浮小姐也不是不识时务的人。"

这句话是在威胁她？

洛浮挑眉，不再言语。

也不知道是坐了多久的车，当洛浮被人扶出去的时候，头都是晕的。也大概是因为这突然的一阵眩晕，她的鼻腔又是一热，却很快仰头生生忍住，憋了一阵，鼻血终于没有掉下来。

——沐辰不在她附近。

洛浮的脑袋里忽然冒出这个想法。

倒不是什么别的原因，而是她忽然发现，自己的这阵晕乎，不太像是因为晕车，倒更像是因为某股莫名的压迫感而产生的。

"那个和我一起的，他在哪儿？"

黑西装男自洛浮仰头起就一直在注意她，于是也第一时间发现了她的异常。可这和他并没有太大关系。

他公事公办地答："等洛浮小姐见完唐先生，自然就能见到那位先生了。"

洛浮渗出一背的冷汗，连带着额头上也汗湿了，黏着碎发一缕一缕的。

"所以，不解决完，我就见不到他了？"

"是这样。"

洛浮没有逞强也没有放狠话，只是咬咬牙："我走不动，你背我。"

黑西装男似是诧异："什么？"

"快点儿，速战速决，我要回去找他。"

黑西装男也不多话，只是和同伴交换了一个眼神，示意他看紧洛浮，不要让她动什么花招，弯腰就将她背了起来，快步朝着台阶上走去。

这是一栋很老的屋子，老而不旧，设计得有些像是中世纪的庄园。

不论是院外还是屋里，什么都整整齐齐，只是很可惜，没什么生气。看样子，应该是很少有人来住的。

当洛浮在二楼的窗前扯下眼上蒙着的黑布带的时候，第一反应就是这个。

3.

"还有心情四处打量？"

"没，我就是随便看一眼，其实最注意的还是你。"洛浮对靠在沙发上的男人说。

男人衣着考究，头发抄在脑后，明明是恰好的天气，他却怕冷似的在腿上盖了一块羊毛毯，双手叠在大腿上，看起来一丝不苟。如果不是脸色过于苍白，身子过于消瘦，这应该是个很好看的男人。

"你的失忆不像假的。"他细细打量了洛浮许久，忽然开口。

洛浮闻言一阵心惊，这个人好像认识这个世界的洛浮。

可是，他很快又继续道："如果不是知道这是我们的计划，也许不止唐子谦，我都能让你骗过去。"他说到这儿，忽然笑了，瞬间驱散了之前围绕身侧的阴兀。拍了拍沙发，他态度熟稔，"过来坐。"

既然对方没有多问多疑，洛浮便也大大方方坐了过去。

"你叫我来干什么？"

男人笑笑："当然是有事，总不能是因为想你。"他话锋一转，"计划进行得怎么样了？"

洛浮心底叫苦不迭。她当然不知道他说的是什么计划，但联系着他之前的话想了想，这个男人不相信她失忆，反而以为那是"计划"中的一环，还提及了唐子谦……洛浮隐约有了一个猜测，可这个猜测没有任何证据，也没有任何线索，它仅仅来自于他的两句话，当真只是个猜测而已。

而在什么都不清楚的时候，不说话是最好的选择。于是，她沉默，想引他多说些。反正现在着急的也不是她，最先憋不住的一定是这个男人。

果然，没多久，男人轻笑一声："你该不会真的喜欢上唐子谦了？"

洛浮依旧不说话。

而男人的目光开始变得狰狞："怎么，说中了？"他的动作幅度大了一些，也许是因为情绪的缘故，他忽然剧烈地咳嗽起来。

咳了好一阵，就在洛浮担心他会连肺一起咳出来的时候，他又停了。可也就是他这一停，洛浮转头望向他的时候，忽然发现一件事情。自他的大腿往下，那个地方有些空空荡荡。那下面……好像没有东西。

在发现这一点之后，洛浮赶紧收回目光。

也是这个时候，她才终于回答："当然没有。"

"没有？"男人盯着她的脸。

洛浮一派坦然地重复："没有。"

男人观察许久，才微不可察地松了一口气，片刻之后，又恢复最初彬彬有礼的样子。

"这么说来，我们的生意可以继续做下去了？"这一次，也不等洛浮说话，他便重又开口，"那么，唐子谦的公司，我还要等多久？"

什么叫唐子谦的公司他还要等多久？他们这是做了什么生意？

这个人……这个人也是她做过的生意中的一个吗？

这时候，洛浮忽然想到一件很可怕的事情。人与人再怎么相似也不可能完全一模一样，尤其是陷入感情之中的那些人，哪怕他们对于很多方面都模糊、对许多事情都不清楚，但他们绝不可能认错自己的爱人。

然而，从她到这个世界接触到唐子谦开始，哪怕她再怎么不注意，再怎么只按照自己的习惯来生活，唐子谦都没有一点儿怀疑。

这只能说明一点，那就是唐子谦所认识的洛浮，就是洛浮所表现出来的样子。

可如果说，唐子谦认识的洛浮，本来就是她，那么这是怎么回事？四年，不算长的时间，她再怎么健忘也不可能一点儿都不记得。洛浮回想起自己以为的和唐子谦的那次初遇，莫名就有些心神恍惚。

来找她交换的人不多，可她也不是每一位客人都接。

唐子谦的条件不好，提出的条件又麻烦，真要完成是很困难的。

但当时的自己为什么会答应他？

　　"洛浮小姐又开始发呆了吗？"男人的声音很冷，冷得像是在寒潭里淬过的刀刃，只是取出来都冒着丝丝的寒气。听在耳朵里，甚至能叫人想象出那把刀割在肉上的痛感。

　　"恕我直言。"洛浮强自冷静下来，似真似假打着马虎眼儿，"恐怕现在还不是时候，有些事情，总是需要等的。"

　　男人顿了顿，冷笑一声。

　　"其实我也知道，唐子谦不是没本事的人，或者说，商海沉浮的年青一代里，当属他的本事最大，甚至可以说不输那些老狐狸。"他说着，在腿上捏了一把，他那一下捏得很重，单单看着都叫人觉得发疼，可他却毫不在乎似的，只是咬着牙满眼恨意，"可我等不了了。凭什么我这样了，他还好好的？凭什么他什么都有，只有我一直在失去？这到底是凭什么？"

　　男人掀翻了桌子，桌上的玻璃杯具碎了一地，渣滓四溅，有几颗落在他空荡荡的脚边。而洛浮的心却越来越沉。这个人她没有印象，却在这一刻忽然觉得很眼熟。

　　或者因为从前进来花店的人都是这般癫狂，或者因为他的执念和喜怒无常，又或者什么都不是，只是……

　　只是，这个人，她似乎真的见过。

　　他给她的感觉很熟悉，只是很奇怪，就算这么熟悉，她却还是记不起来他们之间发生过什么。洛浮皱着眉头，努力想着，然而，不论她怎么努力都想不出来。

男人却忽然冷静下来。

他捂着脸许久，再次放手的时候，又是洛浮起初见到他时的样子——彬彬有礼，情绪良好，双手交叉放在腿上，一副贵族公子的模样。

"抱歉，失态了。"

洛浮微微颔首。

男人原本苍白的脸色因为之前的激动而染上些薄红："今天可能是我心急，只是最近变故有些多，我需要和洛浮小姐见上一面，才能稍微安心。"

"变故？"

男人略微沉吟："唐子谦好像发现我了。"他说着，忽然又笑笑，"他总是这么聪明，不管我在这上面铺了多少层东西用做掩饰，都能一下看破似的。"他的眸光阴冷，"真是，聪明得叫人讨厌啊。"

洛浮皱了皱眉。这种境地下，她只能顺着他回答："不必担心，还有我在。"

大概是这句话取悦了男人，他笑笑："是啊，只要你还在，他就赢不了。"

他的言语之中透露着几分得意，可得意过后，又是长久的寂寞。

"洛浮小姐，你还记得当初我找你做交易时，你问过我的话吗？"

洛浮不答，只是望着他。她听得出，这句话不需要她回答。

果然，不一会儿，男人便自发地开口了。

"那时候，你问我，用生命作为代价，去换一个人的覆灭，究竟值不值得。"他咬着牙，像是恨极了，"当时我说值得。"

洛浮想了想，这的确是每次遇见极端的交易之前，她都会问出的一句话。

不久，身边传来一声轻笑。

"现在，我也依然还是这么想的。"男人垂下了眼睛。

不论之前有多反复、多吓人，这一刻的他，也只是一个脆弱到足够让人心疼的男人。

"只要能毁了他，我就是死了又怎么样呢？反正我现在活着也是苟延残喘，没有一点儿滋味，这个样子，还不如死了。而能用我的命来换他家破人亡，这真是再好不过的一件事。"他忽然笑得疯狂，"只要一想到他也会尝到这种滋味，我就觉得开心，哪怕下一秒就得死，也没有什么不可以的。"

也许是在这样的情况下，反而容易找回工作时候的状态。洛浮依照着从前在客人面前的模样，淡淡道。

"你会如愿的。"

仅此一句话，便打断了男人的笑声。

他摇摇头，垂下脖子，原先梳得整齐的背头随着他这一颓，掉下来一缕额发落在他的眼眉边上。这样的男人，看起来实在有些可怜。

他的声音低了下来："是吗？"

洛浮心底复杂，表现得却肯定："我既然和你做了生意，自然会保证这点。"

"洛浮小姐这么说，我就放心了。"男人扶额，"我有些累了，之后的事情，也要继续麻烦洛浮小姐了。我们之间不变，我依然会尽量减少联系你，只是……希望洛浮小姐的动作能再快一些，不要让我等太久。"

洛浮点头，不一会儿又发现他低着头看不见，于是开口："好。"

顿了顿，她忽然想到什么："前阵子，唐子谦的车祸，是你安排的吗？"

男人笑了笑："我既然已经找了你，自然不会再找别人。再说，一场车祸了结他……呵，哪有这么便宜的好事？"他的眸光阴郁，尤其是在提到唐子谦的时候，总是不自觉地露出凶色。

接着，他对洛浮说："想让他死的，不止我一个。"

男人的表情很是认真，认真到让洛浮不自觉微微皱眉。但很快，她又把这份情绪掩饰下去。

"你这样看着我，是在担心我叛变？"她微微勾唇，又变回花店里那个冷淡清疏的洛浮，"放心好了，我不会背叛我的主顾。之所以这么问，只是怕你不信我。我做事喜欢打算，不喜欢节外生枝。此外，这样的不信任，实在是让人有些不开心。"

男人往后仰了仰："你放心，我没有那么闲。"

洛浮微微颔首："多谢。"

不管是许诺还是应承，对于洛浮而言都不是难事。

没有人规定每个人都必须是重诺的君子，也没有人规定每个人说的每一句话都必须是真的。也许是她脸皮厚，也许是她没道德，可洛浮从来都是这么觉得的。

说谎耍赖不认，于她而言，实在是小事。诚信这东西，她从来没有。

反正她从来也不准备当个好人，或者说，不准备当个好妖。对于洛浮而言，不在乎的事情就是不在乎，被骂被唾弃，她也还是不在乎，并且也不打算为了别人的目光就假装在乎。

她就是这样的性子，不分也分不清好歹。左右连取人魂魄这种逆反的事情都做了，再说什么其他，未免太过虚伪。

4.

不久，洛浮又被黑西装接了出去。

她的头疼一直没有缓解，鼻腔自始至终都干得有些发疼，在屋子里，她其实是强忍着的。这份忍耐，一直持续到她见到沐辰的那一刻。

"沐辰？"

在车子行驶了一段路后，沐辰不晓得从哪儿上了车，虽然洛浮的眼睛又被蒙住了黑色布带，可这并不代表她就感觉不到。在熟悉的气息靠近的同时，洛浮崩了许久的神经猛然放松。

只是，她并没有表现出来。

她只是神情淡漠地唤了一声他的名字，就像平常吃饭问他有什么菜一样。

"嗯，来了。"沐辰并不知道她的感觉，只是跨进车里，坐在她的边上，依旧是嬉嬉笑笑，没个正经，"老板娘，好久不见啊……"

可是，这句话还没说完，他就感觉肩头一沉。

随后，那儿传来均匀的呼吸声。

她竟然就这么睡着了。

"发生了什么，精神损耗这么大……这么累吗？"

沐辰嘟囔了几句，没再多说什么，只是一路都这么让她枕着。直到回到唐子谦的公寓楼下也没有喊醒她。

甚至，直到上楼进屋，将她放在床上，替她盖好被子的时候，他都依然保持着沉默。

环着手臂在那儿站了一会儿，沐辰忽然摇头笑笑。

"居然被一个妖指使习惯了，这要传回家里，真能把人丢死。"

说完，他叹了口气，又回忆起今天下午。开头真能让人吓死，结果却是云淡风轻。

他深深地望了她一眼，床上的人睡得很熟，毫无防备，偶尔还动两下手指，喃喃几句梦话，完全不像是有夺人魂魄之能的千年妖。

"算了，这么累，你睡吧。"

落下这句不知道是和谁说的话，沐辰转身离开，带上房门。

他独自来到客厅，陷入一派沉思。

5.

在往舌根下边藏刀片的时候，沐辰的想法很简单，他觉得这次他们有危险。尤其是在听见他们说自己是唐先生派来的人之后，他就更加肯定了这个想法。

反倒是后面发生的事情，让他觉得有些意外。

后来坐在车上，他这么想，或许，那些人口中的唐先生并不是指唐子谦，从一开始，就是他们理解错了。

沐辰坐在沙发上，微微仰着头靠在那儿，十指交叉放在腿上，明明是一个放松的动作，表情却出卖了他。只见他眉头微微皱着，嘴唇也抿成一条直线，甚至紧得有些发白。

这是他思考时候的固定动作。

和洛浮分开的时间里，他被带去了一个地方，有茶有甜点，有沙发，坐在那儿实在是十分舒适。只是他静不下心来。在最初，他以为黑西装们口中那句"唐先生"的意思，是打算假扮唐子谦的人把他们骗过来，然后进行绑架什么的。

可若真是这样，那么在他们出门的那一刻，他们其实就成功了，之后也不应该是这样的态度。他有些疑惑，疑惑之中，也隐约有了一个猜测。

正是如此，沐辰利用自己的能力对看顾他的人做了类似催眠的动作。然后，他知道了一些事情。

大概因为这些人自己知道的也不多，所以沐辰所了解到的，也很局限。

他们口中的那个唐先生，名叫唐丘。

那个唐丘和唐子谦有没有关系他不知道，他知道的，只是唐丘和洛浮很熟。但这样说来，就有些奇怪了。

唐丘和洛浮很熟，而依照洛浮回来时候的表现，她并没有露馅。那么，这个世界消失的那个洛浮，会不会就是两年前的洛浮呢？

思及此，他又想起唐子谦发生车祸的那个夜晚，洛浮不对劲的表现。

沐辰抬头，望向不远处被关上的房门。

这会不会，和他要找的东西有关？

【第五章】

YUJIANTADE
NAJIAN
HUADIAN

身体里的另一个灵魄

1.

洛浮回来的时候看上去很累，上车的时候就昏昏沉沉靠着沐辰睡着了。当时，沐辰猜测可能和天道压迫有关，于是放着她睡，却没有想到，洛浮这一睡，就睡了整整两天。

而这两天里，唐子谦连着来了许多个电话，每次和沐辰讲话的时候都非常有礼貌，只是，毕竟洛浮没有睡醒，所以一个电话都没有接到。于是，到了现在，唐子谦的声音就算再怎么放得淡，也还是掩不住那话语里的担忧。

沐辰挂了电话，长长地叹了一口气。却也就是这个时候，洛浮醒了过来。

"哟，醒的真是时候啊。"沐辰拿着唐子谦留下的手机对着她努努嘴，"给人回个电话吧，这几天人家可担心你了。我刚刚还在想，你再不醒，我可能就……"

"什么？"

洛浮一副睡蒙了的样子。

"什么?"沐辰眨眨眼睛,"你问什么人吗?当然是唐子谦啊。除了他,还有谁会这样不停打你电话问东问西的?"他把手机递给洛浮,"虽然说的是担心你在失忆之外还有什么后遗症,但事实上,感觉应该是对我不大放心。"

他想了想:"不过也正常,要我是他的话,我也会对我不放心。"

"他这两天给你打了很多电话?"

沐辰点头:"也没有很多,就是一天一个,一个一天。"他半开着玩笑,"怎么了?"

洛浮皱了皱眉头:"那,你有没有对他说……"

她的头微微低着,眼睛却抬起来,直直地望着他。洛浮的话里有很明显的试探意味,不需说全,就足以让人听明白那里边的意思。

"那天的事情?"沐辰笑道,"没有。"顿了顿,"你要不要告诉他?"

洛浮的眉头皱得更紧了一些,沉默片刻。

她摩挲着手机,不知道在想些什么。

"不用,我自己可以弄清楚。先不要告诉他。"

说是说可以自己弄清楚,但事实上,现在的洛浮其实很乱。

睡觉应当是休息,可这两天,洛浮睡得很累,异常疲倦。

因为，在睡着的时间里，洛浮做了一个梦。

梦里的画面，每一帧每一幕都很是清晰，它像是一个故事，她身处其中，每一个场景里都有自己的存在，却偏偏像个旁观者，每一件事情都不能由她决定。她依稀记得，那个梦是很完整的。不论是前因后果还是个中细节，没有一个地方不清楚。

只是，醒来之后，不过一刻，那些东西便散成了碎片，她努力地想要抓住它们，却也只能抓住残缺的几块。可有总比没有好。

更何况，她抓住的那些，已经很有用了。

那个梦其实有些奇怪，她梦见了自己不是自己，梦见自己一直沉睡在自己的身体里。

说是沉睡，事实上，更像是被谁囚禁了。只是那个囚禁并没有让她有多不适，相反，她好像习惯得很，好像本来就应当如此的。

在这样的心理暗示之下，她甚至连反抗的心思都没起。

在被囚禁的过程里，她看着"自己"做着平常的事情，不论是习惯、表情还是生活方式，一切都和往日里的她没有区别。唯一的不对，就是那个人不是她。

大概，她没有起别的反应，和这一点也有关吧。毕竟那个她实在太像她了，像到连洛浮本人都不觉得有异，像到不仅能骗过她的身体，也能骗过她的大脑。

那个梦境的开始，是在收取了一个人的灵魄之后。洛浮对于那个生意还有一些印象，她隐约记得，自己完成它之后，休息了很长一段时间，只是，休息的期间，她做过一些什么，却半点儿记不得。并且，"休息"期过后，她恍惚了很长一段时间才开始接新的任务。

也说不上来为什么，她就是很累。那段时间的她，真的是很累很累。

当时的她只觉得自己是把骨头给歇懒了，现在看来，却完全不是那样。休息久了的疲乏和做事多了的疲乏，从来就是不一样的。

而如果要将那个梦嵌入进去，一切就都能够说通了。

梦里，她根本没有什么休息期。在那个生意过后，她很快接了另外一桩。而与她做交易的那个男人身体孱弱，脸色苍白，衣服头发一丝不苟，带着一种病态的贵气。那个男人叫唐丘。通过他，她认识了意气风发的唐子谦，根据唐丘提出的要求，洛浮好像是要去毁了他的，只是不知道为什么，梦里的自己，每每看见他，心里都会变得莫名复杂。

洛浮不确定这个梦究竟有没有真正发生过，她也不确定那个"她"到底是不是真正存在着。她只觉得陌生和害怕，没来由地害怕。

如果是假的，那么这个梦可谓是莫名其妙，并且巧合得十分让人想不通。但如果它是真的，那么，她便是真通过它记起了自己曾经做过的一桩交易。

被她完完全全遗忘掉的一桩交易。

"你还不给他回电话？"沐辰看出来洛浮脸色不对，他伸手在她眼前晃了晃，"你……你别是睡傻了吧？"

空洞的眼神慢慢恢复焦距，洛浮有些复杂地望向沐辰。

"你知不知道那天把我们带走的那个人叫什么名字？"

恍惚间，她随口问他。

不过是随口的一句，连洛浮自己都没有反应过来。却没想到，沐辰真的回答了她。

"我知道。"

洛浮一愣："什么？"

"唐丘。"他说，"那个人叫唐丘。"

闻言，洛浮心里一凉。

唐丘。

见过的男人慢慢和梦里那张脸重合起来。再接着，就是他的神态和说话时的模样。

那天她去见那个男人，并不曾问过他的名字，而沐辰，连见都没有见过他。她不好奇沐辰是怎么知道的，在她眼里，他总有自己的办法。

她慌的是那个梦。

那个男人真的叫唐丘，这么说来，那个梦她不是凭空生出来的臆想。它极有可能是真的，那真是被她遗忘掉的过去，由自己的身体经历过的过去。在这之外，她还忘记过哪些东西？

又或者……

在这之外，这具身体，还做过她所不知道的多少事情？

也许曾经有过猜测，觉得自己的身体里潜伏着另一个灵魄，可那些种种，再怎么样也不过是猜测罢了。这是第一次，她觉得毛骨悚然。

因为她忽然发现，这份猜测可能是真的。

2.

踩下刹车，唐子谦动作极快地从地下车库上了电梯。

他最近很忙，一方面是在追究那些企图对他不利的人，另一方面，则是公司出了一些问题。如果不是因为这样，他也不至于脱不开身，被缠到现在才终于找到一点儿的休息时间，过来找她。

电梯显示楼层缓慢上升着，而唐子谦就这么盯着那红色的数字，看着它的位数一位一位变化，眼睛眨也不眨。

在这次洛浮回来之前，他是没有见过沐辰的，在这之后他叫人去查，也没有查到沐辰半点儿的资料。这个人很神秘，同他最初认识的洛浮一样。

唐子谦不是不知道洛浮有多聪明，聪明到甚至很难让人想象到她吃亏的样子。可知不知道是一回事，担不担心又是另一回事了。

　　虽然洛浮在介绍沐辰的时候，说他是她的弟弟，但不知道为什么，唐子谦莫名觉得有些不大相信。也许是第六感，也许是直觉，他总觉得，这个人不是那么安全。或者，就算真的只是他想得太多，但不论如何，沐辰再怎么和洛浮相熟，或者说，就算他真的是她的弟弟，但他这么大了，他也是个男人。

　　放着他们俩在一起，唐子谦难免有些不放心。

　　提着一口气打开公寓的门，唐子谦还没有来得及做别的想法，迎面就被砸中了个枕头。然后，在枕头落下去的同时，有什么东西往他身上一扑，唐子谦脑子没反应过来，手上却是用力将那东西往后一推——

　　与此同时，在他身前响起一声惨叫。

　　唐子谦一愣，往前看去，正巧看见站在沙发上看着他，惊讶得瞪圆了眼睛和嘴巴的洛浮，还有被推倒在自己脚边，揉着腰的沐辰。

　　"你、你回来了……"

　　洛浮很快反应过来，跳下沙发趿着拖鞋，由于没穿好的缘故，她一蹦一跳朝他走来。在这一瞬间，唐子谦不自觉松了口气，勾出一个笑。

　　见到她了。

　　他想，真好，又见到她了。

　　只是，在笑着的同时，他又觉得哪里有些不对劲。从前的洛浮，虽然性子里也有顽皮的一部分，但绝不会这么外放，她的皮主要体现在一些小机灵上。比如，他总是记得，在她恶作剧得逞的时候，眼睛里亮着的那一簇小小闪闪的光。

"小心一点，不要摔着了。"

唐子谦无奈地笑笑，伸手扶住了她。

也许不一样，但这样也很好，怎样都很好。只要是她，只要她还在他面前，一切就都很好。

而洛浮看一眼搭在自己手臂上的那只手，不知道为什么，心底一颤。这个人，这个动作，都让她感觉莫名地熟悉。

只是，这样的熟悉，又不像是由她生出来的。

难道……

难道是那一个"她"？

洛浮的心思瞬息几变，可她掩饰得很好，没有让人发现。

回忆了一遍自己尚且记得的一些梦境碎片，洛浮得出一个答案。也许，要解决她想知道的这个问题，唐子谦是个关键。

"我知道，我很小心的。"洛浮很快收起之前的生动模样，笑得浅浅。

她脚上却暗自用力，朝着沐辰的脚尖踩去。却不想，地上的人察觉到她的想法，飞快一个挺身从地上跳了起来。

而洛浮的力落了空，就这么顺着这个动作向一边倒去，正巧落进唐子谦的怀里。

沐辰在一边看得眉尾一抽。

怎么，他扑过去就被无情推开，换了洛浮就直接抱住了？这小子，看上去彬彬有礼挺斯文的，差别待遇还真明显。

刚刚在心里吐槽完，沐辰又脑补了一下，如果唐子谦不这么差别待遇……

算了吧，被他接住，还不如让摔在地上。

"你们这是怎么了？"

唐子谦看着洛浮，眼神十分专注，好像整个世界就只有这么一个人。

洛浮被这样的眼神看得莫名心慌，这种感觉，总让她觉得自己好像占了别人的什么东西。也不是好像吧，这大概就是。他喜欢的人不是她，可她却因为他的误解，被这么对待了。就算不心虚，也难免有些不适应的。

她这么想着，忽略掉了唐子谦对她，或者说，对她身体里另一个她的影响。

她摇摇头："没什么，和我弟闹着玩呢。"

"是吗？"

沐辰收到洛浮给的眼神，却选择眼睛一瞥望向了别处装没看见。

这丫头，不过就是吃了她一个鸡翅，居然和他闹得这么要死要活的，尤其那鸡翅还是他买回来的……真是不可理喻，别想他在这儿给她打圆场。

与沐辰不一样，唐子谦始终都在关注洛浮。

这时候，唐子谦看见她卷上去的衣摆，他将衣角扯出来，往下拉了拉，遮住她原本不小心露出的腰身。

只是很巧，洛浮怕痒，对腰部很是敏感，在感觉到他的触碰之后，她下意识往边上一跳。而那一跳，顺势就跳到了沐辰的身边。

唐子谦皱皱眉，最终选择不多说什么："我来这里是想说，这儿恐怕不大安全，我有一些仇家，他们……"他顿了顿，没有明讲，只是说，"最开始觉得你们在这儿，远离了我应该会好一些，可现在看来，这样的话，我反而顾及不到你们……"

"所以？"洛浮眨眨眼，觉得他说话实在太磨蹭，"所以你怎么想的。"

唐子谦一滞："所以，我想带你们离开，搬到我现在住的地方。"他似乎是怕她误会，"你放心，我不会对你做什么，我只是……"

"我相信你。"洛浮飞快点头。

在她看来，唐子谦什么都好，只有一点，就是真的太啰唆了，明明是一句话可以说完的事情，他却总要拖得很长。只是，她并不知道，在外边，唐子谦从来不是这样的。

不论是与人谈事还是处理公务，对外的唐子谦从来果断少言，除非必要，否则绝不轻易开口。他的踟蹰，从来只在洛浮面前。

因为太珍惜了，所以生怕有一点点的误会。

只是，他或许并没有想过，这样的小心，根本不该是在爱人面前。相反，该是在爱而不得的人面前的表现。

唐子谦从一开始就是知道的，洛浮不喜欢他，只是他不愿意相信，久而久之，也就这么骗过了自己。到了最后，只剩下他的潜意识还保持着清醒，映射在生活里，就是他在她面前的言行。

比起唐子谦的意外，沐辰反而觉得理所应当。

他当然是知道的，关于洛浮答应唐子谦的目的。事实上，就算唐子谦今天不来，或者他不这么说，洛浮也应该要去找他了。

她自醒来之后，对唐子谦总是格外上心，只是，她的上心不是因为唐子谦本人，倒更像是想借他弄清什么事情。

只是很可惜，沐辰并不知道，她具体想知道的是什么。

3.

洛浮和沐辰没有行李，如果真要算的话，也就是唐子谦给他们买的那几套衣服。

因为简便，所以收拾起来也格外方便。他们的动作很快，从做好决定到上了唐子谦的车，这中间，数一数，不过几十分钟而已。

沐辰一个人坐在后排，一会儿看看唐子谦，一会儿看看洛浮。

沐辰还记得，最初的时候，不知道为什么，每每和唐子谦在一起，洛浮都会变得异常起来。可现在，她倒是半点儿异常都看不出了。与此同时，她也像是意识到了什么，在观察着唐子谦的同时，她似乎也在注意面对着唐子谦时的自己。

沐辰抿了抿嘴唇，忽然想起一件曾经被自己忽略掉的事情。

那是关于洛浮和唐子谦的。她每次和他在一起，都会有波动，这份波动不只是情绪，更重要的，是她的灵力。

而那些灵力只要稍稍不对，总能带出一阵让他熟悉的气息。

这份熟悉说起来有些奇怪，因为沐辰并不曾在过往中感觉到过，换句话说，那个让他觉得熟悉的东西，他没有见过。而她每回，虽有波动，过得却也很快，并且总会发生一些事情分散他的注意力。

正是因此，这个异常，直到今天他才想到。

或许……

沐辰忽然有了一个大胆的想法。

或许，那个熟悉的气息，正是从他需要找到的东西中散发出来的。这样，或许就能够解释清楚了。即便没见过，但它与他的家族有着血脉的联系，所以他才会感觉到它。

可真要这样说，那么他又该怎么通过这些痕迹来找到它呢？

难道他们三个要一直在一起？毕竟洛浮只有在遇见唐子谦的时候才会有这样的异常，而他也只能抓住那么短短几秒不到的时间。

沐辰想着，忽然有些心烦。

他没来由地莫名心烦。

只是，这份心烦很快就被打破了。

那是在去唐子谦家的半路上，他接了一个电话之后。电话的内容沐辰没听见，但根据唐子谦的反应，大概是他又临时有了什么事情。

沐辰盯着车前的镜子，打望着唐子谦。

这个人和洛浮倒是挺配的，都挺能装。明明眼睛里的不耐烦都要冒出来了，说话还能这么慢条斯理，一字一句都挑不出毛病。

"不好意思，我今天又有些事情，大概送你们到家就要离开了。"

洛浮看了眼暗下去的天："那你今天回不回来？"

唐子谦一顿，心底意外地生出几分温馨，连带着他回答她问题的语气都温柔了起来。

"回来，只是可能会晚一些。"

"那好吧。"洛浮点点头，不再多说什么。

但也不需要她再多说什么，这几句就够了。唐子谦原先的情绪在这一刻全部散去，唇边带上了淡淡的笑意。

　　"对了。"他像是骤然想到什么，"过几天你有时间吗？我朋友有一个酒会，如果可以的话……"

　　酒会那种场合，有大有小，而这次可以说是一个私人聚会。唐子谦没什么朋友，但这次的举办者可以算一个。寻常来说，这样的地方都是需要女伴的。

　　唐子谦之前从来都是随便带着谁，或者是朋友，或者是同事，永远一副公事公办的态度，很是简单，也很是敷衍。

　　倒也没有别的原因，只是觉得不带不礼貌罢了。但现在，他也忽然有了想带过去、想介绍给所有人的人。他也有了想揽着对方在舞池里摇摆的想法。

　　这个念头，其实唐子谦存了很久了，只是一直没有和洛浮说过。他所处的环境远没有外人看上去那么简单，这个圈子很是复杂，也很是危险，他身处其间漂泊许久，到了现在，也只能说勉强有个自保能力而已。尤其经过上次洛浮出事，他不得不更加小心。

　　可再小心，也还是想问。

　　不是问你愿不愿意和我去酒会，而是想问，你能不能当我的女伴。

　　而这个女伴的含义，她应该懂的吧？

　　然而洛浮并没有体会到唐子谦的心情，她随意应了一声，显然是完全没懂。

"过几天吗？"洛浮歪了歪头，"其实我哪天都没有事情，正巧，酒会什么的我还没参加过呢，还有点儿新奇……那就一起去吧。"

她说得随意，字符却像是一下跳到了他的心尖上，唐子谦还没来得及回应，就看见洛浮又将头歪回去。

"但是能不能也带上这个家伙？"洛浮指了指后面的沐辰，她这么问，却没有说明原因。在她看来，原因这种东西，要编一个，实在是很费脑子。

所以，除非唐子谦要问个究竟，否则，她还是不大愿意费这个脑子的。

而唐子谦到底是贴心的。

他什么都没问，只是点头："好，一起去吧，正巧人多也热闹。"

说完，唐子谦忽然对上镜子里望着自己的那双眼睛。

微愣之后，他轻轻笑笑，像是致礼。

沐辰见状，微微颔首，转开头去。

两人像是完成了一场无声的交锋，只是，这场交锋，大概只存在于唐子谦一个人的感官里。毕竟，在那时候，沐辰只有一个念头，那就是"丢人"。

在偷偷观察别人的时候被抓个正形什么的，真是丢人啊！

4.

唐子谦的房子，如果是一个人住的话，真的可以说是很大了。

室内布置很是简单，却又充满着设计感。

窗户边上摆着一个绿植架，上边有几个小盆栽长得正好，翠绿的叶子看上去很有生气，屋子里整理得也非常干净整洁，看得出来，屋子的主人是很用心地在生活着。

而最让洛浮喜欢的，莫过于那墙壁前的透明鱼缸。

四四方方的玻璃围了很大一块，照着不亮的灯，里边有水草和充氧泵，鱼儿在里边一圈一圈摆着尾巴，看上去舒服又闲适。洛浮惯来就喜欢这种感觉。

"你家感觉很棒啊。"她站在鱼缸前边，微微踮起脚，有一下没一下地戳着玻璃壁。

沐辰见状也走过去，学着她的动作，却不是戳，而是屈起手指在鱼儿待着的地方敲了敲。那条鱼儿很快被惊走，洛浮不满地瞪他一眼。

"你是有多闲啊？"

"我倒是不闲，就是想提醒你一件事情——"他指了指自己脚上的拖鞋，又指了指洛浮脚下没有换掉的单鞋，"你没发现这里挺干净的吗？"

其实沐辰没什么立场对洛浮说这个，毕竟这也不是他家，这房子的主人都不介意了，哪里轮得到他来提醒什么呢？但不知道为什么，他大概是挤对她挤对惯了，闲不住似的，顺嘴就把话说了出来。然而，说完之后，他立刻就感觉到不妥，转头看了一眼唐子谦，果不其然看见对方眼底的不满。

洛浮沉默片刻，转向唐子谦，也不说话，就那么看着他。

如沐辰所料，洛浮没看多久，唐子谦便笑着走过来，揉了揉她的头。

"没关系，在这里，你要怎么样都可以。"

洛浮显然对这个答案很是满意，于是望回沐辰，一脸嘚瑟。唐子谦注意到她这个小动作，笑着摇摇头，眼神里满是宠溺。

而沐辰抖了抖身上的鸡皮疙瘩。

他觉得自己好像要瞎了。

"嗯，虽然怎么样都可以，但我还是换一换吧，毕竟在家里穿着外面的鞋子也不舒服。"

洛浮的"家里"，只是为了区分房子内外，可唐子谦却不这么觉得。他的眉眼更加温柔了几分，几步给洛浮拿好了拖鞋。

"嗯，的确不舒服。"

那副表情，好像她说什么都是对的。

当和沐辰之间斗气的心思消下去，洛浮很快就注意到了这一点。喜欢一个人，就会露出这样的表情吗？随便对方怎么样，都会觉得开心吗？

　　大抵是这样，洛浮忽然想起自己心底那个人。

　　这样的表情，自己从没有露出过，那个人是谁，自己也一直不记得。

　　她好像记得，自己曾经看过一句话，说的是，当一个人失去了存在的所有痕迹，只留在了某一个人的记忆里，那么，到了最后，就算是那个人也会开始怀疑，他是不是真的存在过。

　　也许，现在的她就是这样的情况。

　　可那不过是对于一般人。

　　如果对方是自己在意的人，也会这样吗？

　　就算对方消失得再干脆彻底，再不留痕迹，再怎样怎样……

　　但她是爱他的，这也会不记得吗？

　　洛浮想不通。

　　最近的她，实在是有太多想不通的事情了。这些事情不是现在才出现的，却是这个时候，因为这样一些事情浮现出来，才终于让她开始重视。

　　敷衍着送走了唐子谦，洛浮一个人窝在沙发上。

　　她好像很喜欢沙发，不管是哪里，不管是怎样的沙发，她都很喜欢。

　　那个地方好像格外方便想事情似的。

　　只是，有一个人，总是喜欢打扰她。

5.

沐辰这一次勉强抓住了洛浮身上的一些波动，只是那波动极其细微，相较于之前更淡了一些，导致他刚想探查，就消失了。

"喂，你在想些什么，刚刚你是不是在想唐子谦？"

他试探着问，如果她只是想到他就能有波动，那他真是要方便多了。毕竟根据这阵子的经验来说，唐子谦来见他们的次数并不会很多。

就算他们现在住到了一起，但他那么忙，回来得应该也很少吧？

或许就像电视上，忙碌到半夜，回家睡个觉，天不亮很快就要离开之类的。那样的话，他要借助他们的碰面弄清楚这些事情，时间就真是太不够了。

洛浮乜斜他一眼："我说你，虽然看起来没怎么长大，好歹也是一个男人啊……怎么，你这么八卦的吗？"

"什么叫好歹是一个男人？"

沐辰似乎是被这句话激怒了。不过也不怪他，换了任何一个性别为男的，听了这句话都会觉得自己受到了挑衅。不过他倒是分得清轻重缓急，知道现在不是和她争这个的时候，于是很快又"平静"下来。

"你就当我是八卦吧，怎么，你刚刚是不是在想他？"

被他这么一打断思路，洛浮索性也懒得再想，随口敷衍了他一句："不是。"

"不是？"

"嗯。"洛浮指向鱼缸，"我刚在想它们。"

沐辰"哦"地随口应一句，反倒是洛浮忽然多起了话："不知道为什么，我每次一看见鱼，就有一种很亲切的感觉。就是很想去靠近，很想……跳进水里，觉得自己应该和它们在一起。这种感觉很奇怪，可我总是忍不住这么想。"

心知问不到什么东西了，沐辰干脆环着手臂在她身边坐了下来："鱼让你有归属感？"

"可以这么说。"

沐辰望着她，忽然想到一件事。对于他而言，要看透一只妖的元身，其实是很简单的，可从开始到现在，无论他怎么看怎么探，都看不见洛浮的元身。

他一副若有所思的样子，顺着她的话无意识应道："说起来，我也还挺喜欢鱼的。"

洛浮微微惊讶："是吗？"她问，"你喜欢什么鱼？"

沐辰沉默良久。

"松鼠桂鱼。"

最怕空气突然安静。

这时候，洛浮的手臂微动，猛地，她抓起身边的抱枕转头就往旁边狠狠拍去——

"沐辰你是不是想死了？！"

"喂！你这忽然又是干吗！"

"呵呵……不干吗，就是之前被唐子谦打断的事情我们现在来继续啊！"

"你……"

"受死吧！"

【第六章】

YUJIANTADE
NAJIAN
HUADIAN

你说的那块浮雕是不是一尾鱼

1.

唐子谦果然是很忙的。

就像沐辰想的那样，早上很早就离开了，晚上很晚才回来。而洛浮每天都睡得很早，也许是空间压制的原因，她很容易出现精神疲惫的状态，这种状态无法抑制又不能解决，大概也只能靠睡觉了。

因此，相比较于洛浮，沐辰和唐子谦见的都更多一些。

这一夜，沐辰抱着手臂在沙发上看球赛。不久，门开了，他头也不转："你回来了？"

唐子谦明显地一愣："嗯。"

沐辰转头，半侧着身子靠在沙发上，微湿的刘海散散搭在额头上，看起来满满的少年气，很适合被摸头的样子。可偏偏他的表情严肃认真，让人不自觉想用同样的态度去对待。

"你在等我？"

"嗯，我有话问你。"

　　沐辰是第一个察觉到洛浮和唐子谦之间不对劲的人，甚至早于洛浮那个当事人。而唐子谦到底不是未来的那个唐子谦，他并不知道事情的全貌，也自然感觉不到什么。

　　原本沐辰是想从洛浮身上下手打探的，但洛浮对他警惕心太重，一直到现在，他都没问出什么，而唐子谦就不一样了，即便唐子谦也不放心他，但唐子谦和洛浮的不放心出发点完全不同，所以，也可以说根本就不是一个程度上的。

　　既然如此，他当然要换个目标了。

　　"坐。"

　　沐辰拍了拍身边的沙发，主人似的。而唐子谦没有计较，就这么顺着坐下来。

　　"你要说什么？"

　　"说说你和我姐的事情。"

　　沐辰这张脸实在是很占便宜，长相和气质是他天生的优势，没有人会去怀疑这样的少年，尤其是在他还刻意注意的时候。

　　"实话实说，我有些不放心你。"沐辰放低了声音，"从开始到现在，就像你说的，我姐没有和你提过我，可同样的，她也没有和我提到过你。在最初的时候，我看得出，你不放心我，可就算不放心我，你还是把我和她留在一起，这让我实在不得不怀疑你的用心。如果你真的关心她，你会这么做吗？"

　　唐子谦一顿。

　　他当然不放心。所以，事实上，他一直有派人守在那边的公寓外边，而每天定时给他们送生活用品和食物的人也会做些打探，尽数报备。这么多天里，没有出过意外。至少在他接到的报告里是没有的。

　　是啊，他接到的报告里，一切正常，只可惜那报告虚虚实实，唐子谦并不能够完全分辨。他不会知道，在他所信任的人里，会有唐丘的人，他甚至不知道他们外出过。

　　却也正因为这份不知道，唐子谦因为那份报告而对沐辰稍稍放心。但这样的事情，他当然不能告诉沐辰。

　　"你想说些什么？"

　　唐子谦因为沐辰前面说出的话，神色越发认真起来，却不防沐辰忽然话锋一转。

　　"那都是我以前的想法，但现在呢，我对你放下心了。眼睛里的情绪是骗不了人的。"沐辰笑出一口小白牙，自来熟地叫了他一声"姐夫"。不等唐子谦反应，沐辰就自顾自说了起来，"我猜，那时候你放心我，是因为我姐和你交代过了吧？反正不管怎么样，这几天我是看出来了，你对我姐是真的用心啊。"

　　沐辰说得和真的似的，叫唐子谦一时没有反应过来。

只是，在喊完之后，沐辰心底不知道为什么，有点儿小堵。

可这时候还管什么堵呢？

沐辰忽略掉那感觉，顺着就问下去："我姐常年不在家，也不太爱说自己的事情，我们的关系虽然不差，但是也有很多不了解的地方。"他靠近了唐子谦一些，"比如，你和我姐是怎么认识的啊？你们现在什么关系？在我姐失忆之前，你们发展到什么地步了？"

他的表情很是生动，带着点儿好奇，带着点儿关心，就是没有打探的意思。唐子谦望了他一眼，因为他之前的话而放下了些许心防，也不自觉的，顺着他的话回忆起来。

2.

他是怎么认识洛浮的，又是怎么会喜欢上她的呢？

在过去，唐子谦的生活十分枯燥，却也因为一直如此，太过习惯，所以也叫他没有意识到生活的枯燥，不曾想要改变，并且，也默认自己的余生也将继续这样下去。在遇见她之前，他对未来有着精细的安排，要做什么、会怎么样，他一步步按照计划走着，在哪个阶段会发生些什么，都是他早料到的，很少有意外。

这样的人生，仿佛一眼就能看到尽头。在很多人的眼里，这真是没有一点儿意思。但他身在其位，哪能因为追求什么，就去轻易改变？他的手上有一家公司，手下有那么多人，他要做的事那么多，不能做的事也那么多，他的任何一个小动作都有可能导致意外发生。这样的人，怎么改变？他只能按部就班，活得死板却也稳重。

然而，这样的平衡，却在某一天被打破了。

那本是个正式的社交场合，他一如既往，一丝不苟，带着标尺量过的微笑，与人交谈着。周旋许久，本来轻松，却在看见某个人的眼神时，感觉到几分疲累。那个人是他的弟弟，可对方却将他当成仇人。仇人，或许吧，不管有心还是无意，结果摆在那儿，他的确是害了自己弟弟，每每想起，他自己都恨自己，也无怪自己弟弟恨他。

被这样的眼神盯着，唐子谦的笑实在是有些维持不下去，又过了会儿，他终于放下酒杯，出去透气。

洛浮就是这时候出现的。

现在想起来，她出现得有些突兀，那分明不是她来得了的地方。可唐子谦想，她那样聪明，只要好奇就什么都敢做敢试，要进入那个地方，应该也不难吧？

唐子谦总是记得，她对他说的第一句话。当时，她说，你就是唐子谦？长得还挺好看，报纸上怎么把你拍得老老的？对了，你看过那份报纸吗？

对于第一次见面的人，不是"你好"，也不是其他诸如此类的客套话，却是这样奇怪的一句。如果是由别人说来，怕是会叫人有些不适应，觉得无礼。可她眼神澄明，通透干净，在她歪着头望他的时候，他只觉得可爱。

很多人说，第一印象和脸的关联性是很大的。这句话，或许真的没错。毕竟，在最初相识的时候，彼此互不了解，他们对于对面的人什么都不清楚、什么情况都不知道，他们只能看到对方的脸，自然也只能从这上面得到感觉。

洛浮生得明艳，眉眼间却带着点儿妖异，这样的气质糅合在一起，显得很是特别，也很是勾人。只是，当时他心里有些烦，即便面上不显，也的确没有那个心思去应付这个莫名其妙的女孩子。

于是，他轻轻一声认错人了，转身就想走。

却没想到，就在他转身的时候，身后忽然一股力道，抓住他的胳膊就是一扯，唐子谦没有防备，差点儿顺势摔倒下去。好不容易站稳，他刚想斥责，就看见洛浮手上的伤和她接下的那个玻璃杯。

而向他扔玻璃杯的，是唐丘，他的弟弟。

当时，他也不知道自己是什么心情，只觉得复杂，复杂到他没有办法和唐丘对视。唐子谦不是感情淡泊的人，他对这个弟弟很是愧疚，不管发生什么，都会忍耐。只是，牵连了无辜的人，实在有些过意不去。

在这之后，他带她去包扎，也因此与她认识。

明明是和所有人一样寻常的平淡交往，明明除了那次之外，也没有发生什么特别的事情，可他怎么就那么喜欢她了呢？唐子谦说不出来，却在想这个问题的时候，不自觉带上了几分笑意。虽然不知道，虽然想不出，但喜欢是真的，感情也是真的。

　　唐子谦说这些话的时候，表情很是平静，眼睛里却都是温柔。

　　沐辰在边上听着，一边摘他话里有用的东西，一边在脑内进行梳理，却没有理出什么太多有用的东西。

　　沐辰无法从他的话里分析出洛浮和他之间的事情，却独独肯定了一点。沐辰心中肯定，唐子谦认识的，真的是洛浮自己都不知道的那个自己。那么，如果真要找到矛盾点，真要解决，自己是不是也应该想办法去见"另一个洛浮"一面？

　　客厅里的两人难得平和相处，话音落下之后，各怀心思，一个在怀念，一个在探究。

　　理所应当的，两个人都没有注意到不远处半开的房门，以及屋内那个熟悉的眼睛里让人陌生的情绪。

　　3.

　　沐辰才刚刚想要去见另一个洛浮，机会就来了。

　　只是，情况和他想的不大一样。

刚刚入睡，他先是陷入黑暗。忽然，再次睁眼的时候，他看见一扇门。

略作思索，他推门而入，接着，走过一条甬道。那条路很深很长，甬道的尽头是一块空地，什么也没有，四面八方都是亮的，包括脚底下踩着的地。这里像是一个盒子，密不透风，让人不自觉心生防备。

他刚刚踏入，入口立刻便消失了。

沐辰一顿，却是不疾不徐，慢慢在里边走了起来。

如果没有猜错，这里不是梦，而是谁凭借灵力编出的一个幻界。

能够在异空间编造出这样一个幻界，冲破时空压制调动灵力，即便只是一个这么小的地方，也实在是足够让人刮目相看了。也许，洛浮身体里的另一个人，远远比他想象的还要更难对付。

只是，刚刚想到这儿，他忽然又嗅到什么似的。

沐辰皱了皱眉，这个味道……

他双目一凛。

她所依靠的不是灵力，而是那件东西！

"还不出来吗？"

此时的沐辰与平素差别很大，周身的气势外放，丝毫不收敛，即便脸还是那张脸，模样还是同以往没有差别的模样，却很难让人将他和平时的沐辰联系在一起。他垂了左手在身侧，右手微微抬起，手掌上出现一团微光。

那微光的颜色很是柔和，泛着浅浅的橙，不一会儿，就将四壁的白光逼退，也逼得角落里原先隐身在那儿的人显出形状来。

那个人环着手臂靠在墙上，见状也不惊讶，只是半勾着嘴角朝他抬了抬下巴。

"段家的。"

她眼神笃定，唇边的弧度慢慢变淡。

"怎么，你是来拿那东西的？"

当沐辰看见一向懒散的洛浮脸上露出那副表情的时候，说实话，他还真有那么一瞬间的不适应，可很快他又调整好了情绪。

对于她的话，他不承认，也不否认，只是缓缓化去了掌中光团，朝她走去。

"你是谁？"

"忌惮我？"她像是很愉悦，"大名鼎鼎的除妖世家，会忌惮一只妖？"

沐辰不动声色地退后一步，拉开了与她的距离，眉眼微微冷下。他对上她的眼睛，忽然想起了些什么。

"唐子谦发生车祸那天，是你。"

她勾唇，唇色殷红，带着些魅惑："不然呢，难道是你吗？"她往前倾了倾身子，像是察觉到了什么，"怎么，不是说时空压制对你没有影响吗？弄了半天，也是骗人的？"

在听见这句话的同时，沐辰身上的气势像是化为了实质，冰刺一样袭向眼前的人。

关于时空压制，他没有否认，但这个动作已经是很有力的证明。的确，他不是一点儿影响都没有受，只是，那些影响，对于他而言实在不算什么。

"交出来。"

"洛浮"像是不堪忍耐，脸上冒出细密汗珠，却是撑着不肯露出挣扎。

"你以为，我把东西交出来，你就能安全离开？"她的语气带了些不屑，"别天真了，你以为时空压制这么严重却不伤我是为什么？因为，现在，虽然我是外来者，被这个世界的天道排斥，可同时，我也是这个时空列阵的阵眼，一旦我出了什么事，这个时空也要崩塌。"她笑着，"你是想安安全全回去，还是想死在这儿？怎么，你不会这么不聪明吧？"

沐辰皱眉。

"你今天找我是为了什么？"

"洛浮"伸手，戳了戳他的肩膀："把你的威压收回去，我今天出来，是和你谈合作的。"

"合作？"

在这么问完之后，沐辰看见眼前的人笑了笑。

她说："你并不知道这个现在要怎么回去，你其实也在担心，不是吗？还是，你真的想死？"

沐辰不动，只是眨了眨眼，原本凝滞的空气却很快被一阵轻风吹得流动起来。

"洛浮"终于松了一口气。

她动了动脖子和手腕："多谢。"

"客气。"沐辰没有那么多耐心，他望着她，"有什么事情都直说吧，别磨叽了，这个幻界你撑不了多久。"

沐辰从来都是很有能力的人，之前没有探查出来，除去无法正面接触之外，就是这个灵魄刻意的掩饰。但今天，他们碰面，很多以前想不通的事情，一下子就解决了。

比如，经过方才一番观察，沐辰很明显地感觉到她身上灵力的流失。结合这份观察和以前的推测，他想，如果没有猜错，她是以自己的精神在做支撑。简而言之，因为和洛浮共用一具身躯的原因，她能出来的机会并不算多，或者说，她对这身体并没有掌控权。

她只能借他要找的动作做辅，调动她所拥有的一小部分灵力，而一旦这部分灵力用尽，她也会被迫沉睡，很长一段时间都无法出来。

这也是为什么有时候洛浮会对唐子谦露出奇怪的表情却不自知，有时候又完全无碍的原因。

眼前的人显然也知道这点，于是也不再绕弯子，简洁地说了起来。

原来，之所以回到这个时空的洛浮会取代掉先前的洛浮，是因为她结的阵出了意外。与沐辰的猜测不同，就算时间流逝，他们也不会死，甚至，只要走完这两年，他们触发到时空结点，自然就可以回去。而这两年的时空流逝，对于原来世界没有一点儿影响。

或者说，在他们来到这儿的那一刻，那个世界的时间就被定格住了，什么样的改变都不会发生。而他们，只需要顺着这里的原本模样，好好重走一遍，平时生活与从前有什么小差异都不妨事，只是不能影响这个世界的因果轨迹，也不能在这条路上发生意外。

否则，怕是除了时空压制之外，天道也要为这份异常做些处理。

同时，也正因如此，这两年里，他不能动她。

不论是洛浮，还是洛浮身体里的这个灵魄，都不行。

"怎么样？说实话，你和我合作，比和她配合，可方便多了。"她说着，有些不屑，"她什么都不知道，连个阵都能结错，还能做好什么……你说是不是？"

沐辰莫名有些不舒服，但他没有表现出来，只是略作思索。

"我能信你吗？"

她微微笑笑："你只能信我。"

沐辰眯着眼睛打量她。他看出来她不是洛浮本体，只是寄居在里边。原先觉得那丫头有时候怪让人不顺眼的，但现在比较起来，她还是有点儿可爱。不管是假装高冷干练，还是不加掩饰地犯蠢，都比这个人要可爱多了。

这么想着，他忽然问道："你什么时候会出来？"

"积攒了一定力气，就能出来了。"

闻言，沐辰心底一阵怪异。

"你要夺她这具壳子？"

她大概是没有想到沐辰会问这个问题，陡然发笑："这个和你没什么关系吧，段家小公子？再说，你这副表情，是做什么？"

洛浮生得明媚，自己却不太在乎，倒是这个灵魄，很懂得利用这张脸。她低头，眼睛半眯着抬起，伸出手指在他的肩头打转。

"我是妖，她也是妖，你是除妖师，可不能厚此薄彼。退一步说，就算你想保她，那也等出去以后，我们各凭本事，再来争吧。"

沐辰小退了一步。

"你想多了。除妖师不是见妖就除，除非你带着危险，否则我不会动手。还有，一样的，等出去以后，不管是你还是她，只要做了什么违背天道的事情，我一个都不会留。"

"违背天道？"她歪着头想了想，"与人交易灵魄算吗？"

沐辰一僵，但很快恢复过来，不动声色道："忽然想到一件事，我要找的那件东西，好像没办法随身携带，但你利用它的灵力又这么自如……"他像是在回忆什么，"花店里是不是有一个浮雕来着？我第一眼看见它，就觉得那上面散发出来的气息有些熟悉。也不知道，那浮雕是实心的还是镂空，底下有没有放着什么东西。"

她笑着摇头。

"看来，我们是无法好好相处了。那么，珍惜这段时间吧。"她伸手，"合作愉快。"

他瞥一眼，伸手握了上去。

她的手很凉，凉得甚至透着寒气，他碰了碰很快放开。

也就是在放开之后的一眨眼，再次睁开眼睛，沐辰回到了现实。

4.

他睁着眼睛望了一会儿天花板，慢慢坐起身子，半靠在床上。

也许那个灵魄说得对，反正他跟着洛浮的目的只是要找那件东西，而现在他想知道的基本上都清楚了，不必像以前那样，天天和洛浮待在一起。而今，他们最重要的是回去，洛浮一个连阵法都能出意外的，着实不太靠谱。

和洛浮合作，还不如和她。

沐辰低着眼睛，一条一条数着洛浮的缺点。

喜欢使唤人，难缠又不讲道理，因为被寄居了躯壳的关系，偶尔也会精神恍惚，很多事情都不知道……和这样的人在一起，真要做事，并不方便。

刚刚想到这儿，他的门就被敲了几下，接着被推开。

"你怎么来了？"在看见洛浮半探进来身子的时候，沐辰有些不大自然，只是他很快掩饰住了，"深更半夜的，老板娘你忽然就这么跑到一个男人的房间里，不太好吧？"

"闭嘴！"

她皱眉小声道，接着往身后看了几眼，确定没有人才进来。

看着她悄摸摸踮着脚走过来的样子，沐辰掩唇盖住笑意。

说起来，最初他认识洛浮的时候，她还真不是这个样子的。沐辰不自觉回忆起来。起初，她有些喜欢端着，在面对他的时候，多是带着气势和防备，说话也带刺，每句话里都有几分试探。可即便如此，也并不是恶意，反而多是为了自保。

他知道，她不放心他，而他也一样。

所以，那时候，他们老是互怼。

然而，是从什么时候开始，她慢慢卸下了习惯性戴在脸上的那副面具呢？

见她一脸紧张，沐辰于是也学着她压低嗓子："你来干吗？"

"喂，今天唐子谦就要带我去酒会了。"她坐在床尾，抢过他的毯子，接着又想起什么似的，"你下去，深更半夜你一个男的跟我一起待在床上像什么样子。"

沐辰："……"

洛浮见他不动，抿着嘴往那儿挤，很快把他挤下床去。

站在床下的沐辰满脸无奈，却也没有说什么："满意了？"

洛浮舒舒服服拍了拍枕头，往床头一靠，舒展了一下四肢："凑合。"随后又连忙接上之前的话，"我跟你说，不知道为什么，我总觉得今天要发生些什么事情。"

"发生什么事情？"沐辰搬来椅子，坐在她身前，"什么意思？"

洛浮皱着眉："我也不知道，但从昨天开始，我就一直有一种很奇怪的感觉。总觉得，这个酒会不是那么简单的，总觉得好像会有什么意外。"

"会不会是你想多了？"

她伸手就往沐辰的头上敲了一下："如果只是一般情况下的担心，我就不来找你了，但这次……这次的感觉太过强烈，强烈到叫人没有办法忽略。"

洛浮这么说着，隐去了心底另一句话。这种感觉，不像是预感，而像是事情发生过后的心悸。因为早知如此，便更加不愿意去面对。

如果这是之前，洛浮大概不会多想，只会觉得是自己想多了。可现在她已经有了大概的猜测和意识，便不得不小心谨慎起来。

沐辰像是看出来什么："那你来找我干吗？"

"帮忙想个办法呗。"洛浮冲他眨眨眼，"我们现在是一条船上的，我要发生了什么，你不也得倒霉吗？所以，帮忙想想，我该怎么和唐子谦说。"

"说什么？"

"就说，那个酒会，我不去了。"

沐辰想了想，刚准备叫她装病，忽然又想起那个灵魄说过的话。在这个地方，比起可以做些什么，最好的办法是什么都不做，顺其自然。而那个自然，又必须契合之前发生过的事情。他们可以有别的动作，但不能改变因果，不能发生意外……

于是，话到嘴边，他忽然转口："为什么不去？我都没去过那种地方，可期待了。"

洛浮一脸嫌弃："那你自己去。"

"我拿什么身份去？戴个假发装成你？"沐辰凑近她一些，"你别是一个准头都没有的预感就被吓成这样了吧？这不像你啊。"

"什么不像我，你知道我什么样子的？"洛浮用食指戳过去把他推远，"你这样很不对劲啊，是不是有什么事情？你是不是知道什么，没告诉我？"

闻言，沐辰一下子想到那个灵魄。

可他什么也没有说，只是把戳在自己肩膀上的那只手抓下来，却不想，反被她握住。这只手，他不久前才在那个幻界里握过，触感和温度都还没来得及忘记。

可不知道为什么，感觉却完全不同。

"你到底知道些什么？"洛浮完全没注意到沐辰的想法，只是这样抓着他。

沐辰一顿，扯出个笑："没什么啊，只是，老板娘，你知道吧？这个时空的所有事情都是注定的，许多事情也都串联在一起，不管有什么改变，都有可能影响到后面事情的轨迹。万一你的不去，就是一桩影响，这该怎么办？"

"我……"

洛浮一时语塞，但很快又挣扎道："那如果以前的我就没去过呢？如果本来没事，我去了反而发生一些事，那又该怎么办？"

"如果真是这样，你的预感就不会那么强烈了吧？如果不那么强烈，你压根儿就不会来找我，不是吗？"

说话的时候，沐辰一直牵着洛浮。

他住的这间房不大不小，只是床和窗子之间离得有些近，月光从窗外洒进来，正巧洒在床上。今夜是个晴夜，月色很好，那光很亮，也很柔和。

洛浮背对着窗子坐在床上，背着月色银辉，任由它为她勾出一圈银边，而沐辰却是整个人沐浴在月光里的。他的瞳色因此被映得有些浅，却也显得格外温柔。

"你干吗这样看着我？"沐辰浅笑着问眼前的人。

洛浮不自觉心跳加速了一瞬，忽然觉得，这样的气氛，实在是有点儿不对劲。

"我还没问你呢。"她用眼神示意，"你老这么牵着我干吗？占我便宜？"

沐辰顺着她的眼神看去，不自觉动了动眉头，却没有如她的意松开，反而握得更紧了些。

"老板娘的手有点儿冷，我给你暖暖。"他笑得更温柔了些，只是，这次不比之前，显得有些刻意，"老板娘为什么是这表情？怎么，一点儿都不感动吗？"

"不，我敢动。"她一把抽出手来，"忽然之间玩什么花样？一下一个样儿的，你这是什么毛病？"

沐辰摇摇头，像是怀念："没什么，只是忽然想起来一些从前的事情。"

说着，他一顿，望向洛浮。

却不想她一脸冷漠："别等了，我不会问的。"她赌气似的把手背到身后，"憋死你。"

这个妖怎么这么孩子气，就这样还活了千年？还做了那么多事？还和人交换灵魄？

不知道为什么，沐辰越看她越觉得她不像做这种事的。

唇边的笑意越来越深，沐辰将手握成拳状，似乎是把触觉包在了手心里。

"可就算你不问我，我也是会说的啊。"他笑吟吟道，"老板娘啊，我想到的往事呢……其实是我们最初认识那时候。"他又顿了顿，可她明显是真的不打算问了，于是他只能自己说下去，"不知道你记不记得，当时，我进店可不是为了应聘的啊。"

沐辰说着，尾音拖得很长，眼尾弯弯，眸光清亮。

洛浮却一巴掌就往他的脑袋上糊过去。

"没睡醒吧你？"

说完以后，洛浮跳下床就往外走，速度不快，还小心地控制着没发出声音。

因为是背对着沐辰，所以，他也没看出什么异样。

只是，有没有看出是一回事，有没有异样是另一回事。

当洛浮回到自己房间，关上门靠在门板上的时候，她不自觉捂了捂心口。那个地方跳得很快，一下一下，感觉很奇怪。

"难道，这也是……时空压制？"

洛浮拧了眉头。

一定是吧。

除了这个，也没有别的解释了。

与此同时，在沐辰的房间里，他长舒一口气，忽然想通了什么。

也许，洛浮的确有这些那些不足不好。

可她有一点，是那个灵魄比不了的。

她是洛浮。

仅此一点，好像就足够抵掉其他所有点了。

沐辰微叹，将自己往床上一摔。毯子上没有温度，很凉很凉，和她的感觉一样。

"真是对不起了，不能和你合作。"

他闭着眼睛，也不知道是在和谁说话。他也不是不知道，在那个灵魄睡着的时候，不论他说什么，她都是听不见的。

这么说来，或许，他是在念给自己听。

可是，理由呢？

他的心里忽然响起一个声音。

——你不和她合作，而转向了洛浮，理由呢？

沐辰睁开眼睛，眸底几分茫然。

理由？什么理由？

——你明明是知道的。

沐辰揉了一把头发。

他不知道，他什么都不知道，但他想，这个东西，也没什么好知道的。该怎么样，就怎么样吧，反正在这儿看着她不出意外，等回去之后，把东西拿回来，离开就好。

这么简单的一件事情，不需要弄得那么复杂。

既然如此，当然也便不需要什么理由。

【第七章】

YUJIANTADE
NAJIAN
HUADIAN

我不是很会安慰人，但拥抱没有难度。

1.

今天，沐辰觉得自己的眼睛很累。

不是因为没睡好，也不是因为直视了太阳，只是他一直在看着洛浮。起初看她是因为有点儿惊艳，他从未见过这样的洛浮。

脸上画着精致的妆，平时总是散下的头发在脑后被松松挽了个髻，露出修长的脖颈和白皙的肩膀，如果不说话，看起来倒是很能糊弄人。只是，就算是不说话，也不代表就能随意乱走了。

眼前的人走来走去，一会儿一个来回，着急和慌乱都直接写在了脸上，那模样实在是晃得他眼晕。

"你来来去去转什么呢？"

沐辰受不住，一把拉住她的手："别走了，再走下去我都要瞎了。"

"我和你说，今天我是真的觉得不正常，我……我还是觉得我不能去。"洛浮的眉头皱得很紧，她扯着裙摆，满眼的挣扎，"不行，我还是把这礼服换掉吧，就装个病，或者就干脆直接说，反正他……"

"虽然我不知道你是怎么了，也不知道你这情绪是不是你自……"沐辰说着，把"自己的"三个字给咽下去。

他怕她细究，连忙转移话题："但是，如果真要发生些什么，那你还真是非去不可。我不是没说过，你也不是不知道，这……"

却不想她连注意都没注意到。

"我知道，我们不能破坏这些轨迹。可谁能证明，当年的'洛浮'是去过那酒会的？万一她没去过呢？"

沐辰一顿，竟然觉得她说得很有道理。

沉默片刻，就在他准备再与她争几句的时候，门被人从外边打开。沐辰和洛浮同时朝那儿看去，果然，是唐子谦。他一身西装，看起来英俊得体，之前打电话时，得知他才刚结束一个商务会议，沐辰本来还以为他没时间收拾的。

看来是他想错了。

洛浮见着唐子谦，陡然一颤，一个眨眼之间，已经收起了之前的情绪。说是收起情绪，或许还不准确，确切来说，这一刻，她更像变了个人。

眼底的抗拒和不安被完全敛下，转而带上浅笑盈盈，她收回被沐辰拽着的手，朝着唐子谦走去："你来接我了？"

沐辰与她离得近，又有过之前那一遭，这两下的对比，他看得分明，却也因为这份分明，而让他不觉有些恍惚。

这不是洛浮，是"她"出来了。

"嗯，时间差不多了，我们走吧。"唐子谦模样温柔，"你今天这样，看起来很美。"

她抬头对他笑笑："你的外套有些皱，不要换一件吗？"

唐子谦还没回答，就听见她又一劝："去换一件吧，我今天不是你的女伴吗？你看，我这裙子，还是和米色系更搭。"

闻言，唐子谦低头看了一眼自己深色的套装。

"去那样放松的场合，穿这么一身，是不大合适。"他浅笑，"那我去换了它，稍等。"

她点头："嗯！"

看着唐子谦走进自己的屋子，沐辰环着手臂轻轻开口："今天是不是真会发生什么？她为什么对这个这么抗拒？按道理，她应该是没有记忆的，不是吗？"

眼前的人看都不看他，只一直盯着唐子谦离开的方向。

许久，她才终于开口。

"不是她抗拒，是我。我的抗拒心太重，影响到了她。"她的声音很低，带着几分不易让人察觉的颤抖。

"你？"

"嗯。"她低了低头，掩住自己的情绪，"今天，的确要发生一些事，如果可以，我想阻止，可我不行。"说完，她很重地咳了起来，大概是因为今天来给她化妆的人技术比较好，盖住了她的疲惫，所以，直到现在，沐辰才注意到她的不对劲。

"我还没恢复好，这次出来也撑不了多久，现在我不大能控制自己的心绪。虽然我知道今天该去，可我……我其实是真的很不想去。"

沐辰刚想问是什么事情，然而，这个时候，唐子谦走了出来。

"我们走吧。"

唐子谦直直走向洛浮，在面对她的时候，他总是很专心的，眼睛里从来看不见第二个人。是以，他找出了洛浮的不对劲，却没有看见沐辰的复杂和欲言又止。

"你怎么了？不舒服？"

"洛浮"摇摇头："没有，我很好。只是每天都憋在屋子里，觉得有些太闷了。"她冲他笑，"不过，马上要出去了，我还是有些期待的。"

或许是因为沐辰知道了一些事情，虽然不十分清楚，却也觉得，她的那句期待略显勉强。可唐子谦却并不知情。

他挽上她："如果不舒服，就和我说，我们不去了。"

沐辰看见洛浮的嘴唇翕动几下，却最终摇了摇头。

"我们走吧。"

她说完，转身看他："跟着，别丢了。"

沐辰压下心绪，扯了扯身上百年难得穿一次的西装下摆："知道
了。"却实在没有心思做更多的回应。

此时此刻，他的脑子被一个问题占据——

今天要发生的事情，究竟是什么？

2.

在车上的时候，洛浮就醒了过来。

当时，她的脸上有一闪而过的惊异，沐辰早有准备，自然对她留
心，因此，也就没有错过她由迷糊到清醒的那个过程。说起来很奇怪，
分明是一张脸，也会做一样的表情，她们甚至有相同的小习惯。在洛
浮端着端着、不肯放松的时候，她和那个灵魄的感觉也十分相似。

可即便如此，沐辰也还是很轻易地就能分辨出哪个是洛浮、哪个
不是。

因此，在看见她脸上一闪而过的绝望和挣扎之后的认命时，沐辰
不自觉有些想笑。倒不是真的不同情，也不是真的不担心，只是，他
觉得她那样的表情很可爱。

大抵是感觉到后座人的视线，洛浮通过后视镜送去一个白眼，而
沐辰挑眉，装没看见，轻飘飘就移开了目光。

　　酒会开始之前，洛浮一个人满脸郁闷，缩在角落吃蛋糕。而沐辰则是不动声色四处观察着，就算那个意外不能预防，但有个准备也好，不至于等到真正发生的时候被吓一跳。

　　"别吃了，妆都吃花了。"沐辰瞟她一眼，"唐子谦也就是去打个招呼，等会儿就回来了，等他回来，就该带着你到处遛了。在被遛之前你能不能注意点儿？"

　　洛浮恹恹地看他一眼："喂，有一件事我想问你。"

　　"什么？"

　　"我刚刚，就是刚刚……刚才我是怎么过来的？"

　　沐辰装傻："走过来的呗，不然还能是我背的你啊？"

　　洛浮望着他的眼睛，但也不知道是受了心绪的影响还是怎么的，竟是完全无法集中注意力。这样，自然也就没能看出来些什么。

　　"那我有没有什么不对劲？"

　　沐辰当然知道她这句不对劲问的是什么意思，只是他不能回答。

　　"能有什么不对劲？"他侧开头，不去看她的眼睛，"真要说不对劲的话，你从昨天开始就不正常了。"

　　沐辰不是小孩子，早过了骗人会心虚的年纪，从前在面对她的时候，也可以面不改色说一些奇奇怪怪、单是听着就知道不是真话的话，把人唬得就算知道他在说谎，也无法戳破，或者，就算真要戳破，他也总能圆回来。然而，现在他却不想了。

洛浮"哦"了一声，没再多问。

事实上，不是她不想问，只是，她觉得，或许他是真的不知道。毕竟，真要说起来，他们实在不算相熟，沐辰是因为有目的才会接近她，他们的关系连最生疏的朋友都算不上。既然如此，那么，连她自己都没看出来的东西，又怎么能指望他看出来？

或者，就算他真的看出来了，估计也是懒得告诉她的。

这么一想，洛浮忽然有些郁闷，她觉得自己活得还挺失败的。

几百上千年，这么长的时间，已经是人类一生的好几倍长了，可是，从来没有一个人陪在她身边。原先不大在乎，可现在，她是真的希望有人能和她说说话。

哪怕是说一通废话，帮她分散分散心思也好啊。

正是这个时候，唐子谦走了过来。

他好像永远都是这副样子，不慌不忙，模样温柔，看着就叫人心生好感。

"怎么了，是不是这样的场合让你有些不适应？"他眼中的关心溢得很满，不论是感情还是举动，都是真真切切、能读得出来的。他伸手，为她揩掉嘴角的奶油，动作很轻，"如果不适应，要不要去休息一下？"

　　洛浮没来由地就是一阵心酸。活了这么久，除了记忆里并不深刻的那个像是爱人的影子之外，这竟然是第一次有人对她好。

　　而且，他对她的这份好，还未必真是要给她的。

　　洛浮叹一口气，这么多愁善感，实在是不像她，但她偏偏又控制不了。这种感觉真不舒服。

　　"不用了。"洛浮摇摇头，突然想到沐辰之前讲的话，"你来找我，是不是要把我拉去遛了？"

　　唐子谦一愣："什么？"

　　洛浮猛地反应过来："不是不是，我的意思是，你是不是要给我介绍你的朋友，或者给你的朋友介绍介绍我之类的？"

　　唐子谦不觉轻笑，只是，笑完又摸摸她的头。

　　"不用了，就像你说的，今天出来，只是因为太久没让你出来，有点儿过意不去。"他的眼底带上几分愧疚。

　　虽说让洛浮尽量避免外出，的确是因为事情没有处理完，他不放心，可她以前是多喜欢往外跑的一个女孩子，这段日子，待在屋子里，怕是闷坏了。然而，好不容易出来，还是来这么一个陌生的场合，她也很不适应吧？

　　这么一想，唐子谦觉得自己真是考虑不周。

　　"那我要做什么？"

唐子谦顿了顿："你喜欢吃这个蛋糕吗？"

"嗯，挺好吃的。"

"那就坐在这儿吃吧。"他牵住她的手，"我陪你。"

沐辰看着两人交握的手，目光呆滞了一下，很快移开。

只是，他移得不大凑巧，将将就看见了一个人。

那个人他没真正见过，只是在别人的记忆里，看到过大致的影像。一身华贵，笑意清疏，坐在轮椅上，分明是弱势的模样，眼神之中却总是透着股阴冷的劲儿。那是唐丘。

他的心底一紧，难道，今天的意外……就是唐丘？

兴许是沐辰没控制住自己的疑惑，兴许是唐丘对于目光太过敏感，不过一刻，唐丘便对上了他。接着，唐丘很快看见了唐子谦和洛浮。

唐丘眯了眯眼睛，嘴角微动，勾出一个若有似无的弧度。

唐子谦似有所感，回头，原本牵着洛浮的手忽然一僵。

"怎么了？"洛浮抬眼问他。

而唐子谦身形微动，挡住她的视线。

"我忽然想起来有点儿事情要去处理，你先在这儿……"他说着，又转了口，"你要不要去外边转一转，草坪的东面有一处花坛，里边都是精心培育的品种，现在开得正好。"他若无其事地笑笑，"反正，这里面也挺无聊的。"

也不知道是不是那个灵魄太过疲累，在她体内睡得昏沉，情绪终于淡了下来，不再那么容易影响到她。

洛浮只觉得，那持续了一整天的不安好不容易消下去一些，她分神想着别的东西，比如感情，比如这么多年来的变化。因为心底有事，她自然没有注意到他的异常，只觉得他怕是真有什么事情不大方便让她看见。

于是，洛浮应了一声："嗯，这么巧的吗？我挺喜欢花的，那我出去看看。"

洛浮说完就想走，却被唐子谦拉住了手腕："不带着你弟弟吗？"他侧着头对她浅笑，"你们俩在一起我比较放心。"

"差点儿给忘了。"她想了想又问，"不过，我有什么好不放心的？"

唐子谦笑着摇摇头："你不在我眼前的时候，我都不放心。"

洛浮一滞，很快转向被忽略了许久的沐辰："走吧。"

她说完便离开，只自己向前走，反倒是沐辰多有留心，看见了唐子谦整理表情，朝着唐丘走去的那一幕。

3.

唐子谦说得没错，这儿的花果然开得很好，一看就是被精心打理和照料过的。洛浮一朵朵拂过去，有露水沾在她的指尖，花瓣上也因为被她划过而有了道道水痕。

　　从来都是没心没肺极有生气、动不动就刺他一句的一个人，现下变得这么沉默，沐辰轻叹，还真是有些不习惯。看出来她心情不大好，沐辰微顿，开口，是戏谑的语气。

　　"老板娘，看见花也觉得亲切，看见鱼也觉得亲切，你还有什么是不觉得亲切的？"

　　"你。"洛浮收回手，"看见你，我不但不亲切，还烦得很。"

　　若是以往，洛浮就算真烦一个人，也绝不会这么直接说出来，她因为所做之事的缘故，其实很习惯掩饰自己的情绪和心思。可现在，她实在是有些烦，是真的很烦。

　　她也知道，沐辰之所以在她身边，是有自己目的的。既然如此，他当然没有那个义务在她心烦的时候为她开解，没有必要陪她聊天，更不用帮她分析她的疑惑和不安。她根本不该对他有什么期待的。

　　洛浮不是不知道，可她就是生气。却不知道，是气他多些，还是气自己多些。

　　沐辰满脸无辜："是吗？可很多人都很喜欢我啊，怎么老板娘这么烦我？"他摸摸自己的脸，"看老板娘以前的态度，我一直以为老板娘也是喜欢我的，毕竟我们相处得这么和睦。"

　　洛浮瞪他一眼："看来你对自己的认识不太充分啊，年轻人。"

　　沐辰笑笑："毕竟年轻嘛，在'认识'这一方面，当然是不如老板娘了。"

"你这什么意思，是说我老咯？"

"当然不是。"沐辰满脸认真，"老板娘和我们不一样，按照老板娘那个族类计算年龄的方式来看，您还是个小姑娘。"

洛浮似笑非笑地看他一眼。被他这一搅和，她也没了什么伤春悲秋的心思。

"我那个族类？你知道我是哪个族类？"洛浮背过身去，再次抚上那些花。

她说："算了，你当然是知道的，我是妖嘛。但你知道我的元身是什么吗？"洛浮的眼里有一瞬的挣扎，却最终被她掩了下去，"是花。"

"花？"

的确，对于修为高深的那些大妖，捕妖人是看不出它们元身为何的，可即便看不出，沐辰也并不相信洛浮说自己是花妖。花妖属木系，可洛浮不论是施放灵力还是摆弄阵法，周遭浮动着的都是水系气息。

可他看她这样子，又不像是在说谎。再说，在这种事情上说谎，又究竟有什么必要呢？本来他也没问她不是。

洛浮一个人继续絮絮叨叨。

"我知道自己的元身是什么，却从未见过自己的元身，说起来，我一直想找你帮这个忙来着。"

"什么忙？"

　　洛浮瞥他一眼，本想问他，如何才能见得自己的元身，但想了想，还是算了。

　　她刚刚那番话，本是想找他助她寻见元身，化形回去的。按理来说，当一件东西有了灵气，积攒到能够化为人形的时候，会出现两个方向，脱离本体单靠灵气行走的是精，由本体直接生成人形的是妖。

　　洛浮是一只妖，可她从来都不曾成功化回本体，这点实在是很奇怪。虽然，大多数妖，在修行成功之后，都不会轻易化回去，毕竟妖在化为元身的时候最为脆弱，是出不得意外的。

　　可那只是大多数。

　　还有一部分，它们因为一些原因，总得回去。

　　比如洛浮现在正在经历的，一体双魂。

　　是啊，就算没有什么具体痕迹，但她也终于能够确定了，自己的确是一体双魂。她不知道体内的另一个人是谁，不知道那是自己分化的魂魄还是哪个妖或者精寄居进来的，她有惶恐有不可思议，有担心有想办法解决，可那一切的一切，在她把事情完全调查清楚之前，都是没有用的。

　　现在的情况，是她弄不清自己是什么状况，也不晓得过去发生过什么事情。然而，就算在她的记忆里，那些种种都不存在，但只要她化回本体，就能够看见过去她所遗漏的一切。本体拥有独立的一份记忆，就算她不知道，它也会帮她记得。

这是她能够想到的唯一办法。

"怎么说到一半又不说了？"沐辰盯着她。

洛浮想了想："忘了。"

"什么？"

"刚刚出口，又给忘了。"洛浮做出一副若无其事的样子，"怎么，不行吗？"

沐辰皱了皱眉头，而洛浮却不去管他。

她刚才大概是魔怔了，这个人连聊天都不能和她好好聊，就算知道什么也不会告诉她，又怎么会帮她这个忙吗？再说了，就算他真的帮，她也未必能放心。

被自己冒出的这个念头弄得不快，洛浮索性将它压下去不再想了。

反倒是沐辰，他似是随口，眼底却有几分试探："你既然是花妖，又怎么会不知道，自己是什么花呢？"

她本就心情不愉，这个时候听见他这样打探的话就更不开心了，反呛他："那你呢？你知道自己是什么人吗？"

"男人啊。"

"哦，那我是女花。"

沐辰被她堵了一句，沉默片刻，陡然意识到什么。

"你……是不是有什么事啊？"

"什么？"

"感觉你似乎心情不大好。"

洛浮深深吸了一口气，僵硬道："没有。"

"真的？"

她被问得几乎笑出来："就算有，又关你什么事？我心情好是不好都和你无关吧，既然如此，那我又为什么要和你说？"

沐辰被她这突如其来的火气弄得有些蒙，虽说她之前就有些压抑似的，但这……

而另一边，洛浮自己也颇感意外。

她并不是情绪外放的人，在那些过往里，她也有过不舒服，或者说很郁闷的时候，可每一次，她都忍住了，就算有几次觉得忍不住，那些情绪也很快过去。但这一次，她就是觉得忍不住，就是忽然很想发泄。她不是不知道自己这语气有多冲，却是真的不知道自己这火气是怎么回事，又该怎么消下去。

后来，洛浮恍然想起，才明白这感觉叫什么。

是失望、不甘，再加上一点点的委屈。

虽然她一直对自己说，沐辰跟在她的身边是有目的的，虽然她一直说自己对他也没有别的感觉，他们连朋友都算不上。可不管她怎么说，都无法抹灭他是洛浮在交易之外认识的第一个人的事实。

沐辰从一开始就是不一样的。

哪怕他来得莫名其妙，说的话莫名其妙，做的事莫名其妙，思考事情的方向和对待问题的态度都和她相差甚远，她偶尔也烦他，也会对他有下意识的防备……但他就是不一样的。

感情这种东西，从来不能用"按道理"三个字来分析。如果可以，那也就不是感情了。或许这份感情不是爱情，也算不上友情，真要讲来，在这个现下，它甚至无法被定义，可它绝对是存在的。

洛浮对沐辰，从来都不是她自以为的无所谓的关系。

4.

原本被压下去的情绪随着这几句话翻倍地涌上来，洛浮一阵心塞，背过身一个深呼吸就想走。然而，沐辰一下子就牵住了她。

"你这是要去哪儿？"

"到处走走。"她语气不耐，"怎么了？管这么宽。"

沐辰不知道她怎么忽然就变成这样了，也不知道这种情况该怎么应对，一时间就这么和她僵持住了。

洛浮见状，更不耐烦了些："还不放开？"

沐辰却小声嘟囔："不想放开。"

"什么？"洛浮没听清楚，这么问道。却不料，牵着自己的那只手在这时一个用力，她没设防，下一秒便顺着那个力道跌进一个怀抱。

　　她的下巴磕在沐辰的肩膀上，那一下撞得有些狠，疼得她眼泪都要浮上来。她一呆，很快便想推开沐辰，只是没想到他的力气那么大，她越推，他便将她拥得越紧，紧得她都觉得自己被勒得发痛。

　　洛浮心底的火气蹿得更高了："你有病啊？"

　　而沐辰始终沉默，只是力气放松了些。洛浮试着又挣了几下，却怎么也挣不开。慢慢地，她也就放弃了。

　　"行，你厉害，给你抱行了吧？"她刻意忽略掉心底的几分复杂，"抱够了就给我放开。"

　　说完，她听见耳边传来一声轻叹。

　　沐辰的声音很低，和平常的张扬不同，此时，那平和的话音里带着难得的温柔："你看起来很需要人安慰的样子。"

　　不得不说，在听见这句话的时候，洛浮有那么一瞬的愣怔。

　　同时，也有一瞬的心酸。

　　可她大概是习惯了嘴硬，无论如何也不肯承认。

　　"谁需要安慰了？你别是个傻子吧，我告诉你，我什么都不需要。"她态度强硬，又重复了一遍，"我什么都不需要。"

　　"嗯，你不需要。"沐辰轻轻笑笑，跟哄孩子似的。

　　大概是两个人离得太近，洛浮甚至能感觉到耳边那个人吐出的温热气息，她心底忽然有些羞恼，脸上也不禁一热。真要论起来，她可是他祖奶奶那一辈的，被这样一个毛头小子以这种不容抗拒的方式揽在怀里，还被他弄得脸红，这真是一件叫人丢脸的事情。

可是，却也因为这样，她先前涌得极高的火气慢慢平息下来，心底也变得安静平和。

沐辰闭着眼睛，一下一下顺着她的背拍着，力道很轻很轻。

而洛浮憋着嘴，即便再怎么不愿意承认，身体却很诚实地软了下来。她将头埋在他的肩膀处，声音闷闷的。

"你这动作什么意思，我才不是小孩子。"她说完，大抵是察觉到了这句话的幼稚，强行挽尊，"不管怎么样，你既然知道我是妖，知道我的年龄，是不是也该拿我当长辈，稍微尊敬一点儿？"

沐辰听得想笑，他压了压上扬的嘴角，说得一本正经。

"是，好的，我记住了，老板娘千万不要怪我。你要是怪我，我……"

"你怎么样？"

他想了想，语气严肃："那我得多难受啊。"

沐辰说得半真半假，光是听着，就知道是在哄人，可洛浮却不觉笑了出来。的确，这只是一句没什么杀伤力的话，可是，听在一个孤独太久的人耳里，却真是有些致命。至少，对于洛浮的确是这样。

她在他怀里闭上眼睛，脑子里终于不再是嘈杂一片。洛浮慢慢沉下心来，也不知道是不是因为这个怀抱，她觉得这样的环境很是安全，安全到，她真的就这么放空起来。

在放空的过程里，她开始回想从前，对过去一点点进行梳理。

说是梳理，但她的过去其实挺乏味的。

就是交易交易交易，瞎过瞎过瞎过。

唯一鲜明的感情，还被时间给模糊成一片朦朦胧胧的虚影，她为他收集灵魄，等他复活，可事实上，她连他的样子都不记得，对于本该深刻的那些回忆，也只剩下一个并不真切的轮廓。从前没有比较，没有去想还好，但现在，她看着唐子谦、看着沐辰，忽然就有点儿懂了感情这种东西，因为懂得，因为比较，所以自然会有些怀疑。

她怀疑，那个人到底是不是真实存在过的，她更怀疑，自己这样辛辛苦苦违逆天道收集灵魄，到底是为了什么。

思及此，洛浮环上了沐辰的腰。也说不上回应，只是，在这一刻，她终于不愿意再口是心非，也终于承认，自己其实是很需要这样一个拥抱的。

沐辰一愣，但最终也没有说些什么。

他只是静静在听，听她说："你相信吗？我喜欢的那个人，就是……就是我和你说过的那个我喜欢人。我为了他搜集魂魄，逆天反道，可其实我对他印象不深，或者说没有印象。我只知道，我应该是爱他的，可有多爱、怎么爱上的，我都不知道。甚至于存在我记忆里的那些过往……"

她说到这儿，顿了顿。

"那些本该被我珍惜着不肯忘记的过往，现在看来，却连我自己都觉得经不起推敲。我刚才仔仔细细想了想，却发现它们还没有一个梦来得有逻辑。"

沐辰不知道她的心情究竟如何，他能感觉到的，只是她表现出来的。

可一个人所表现出来的情绪，往往连他们真实情绪的万分之一都不到。

"在发现这个的时候，其实我有点儿惶恐，我……"她顿了顿，"我以前一直觉得，就算我谁都弄不清楚，但至少我是明白和认识自己的，可最近发生的一些事情，让我开始不自觉怀疑……我是真的认识自己吗？我认识的那个，究竟是自己吗？"

沐辰虽然看不见她的表情，却也能听出来她的难过。

他唇瓣微动："当然，你当然认识自己，毕竟老板娘这么聪明能干。"

"哦，是吗？你再夸我几句，多夸我几句。"她说，"我现在很需要别人的肯定。"

沐辰想了想："老板娘长得好看，又有能力，什么都能干，性格也好，不论做什么，看起来都很可爱。可爱到，即便是哪个时候性格稍微有点儿不好，但只要看见这样的老板娘，那些不好的事情也会让人很快忘记……"

洛浮被他的话给弄得背脊发麻："行了行了，够牵强的。"

沐辰闻言，也跟着笑："不会，一点儿都不牵强。你就是这么好，只是你自己不知道。"

洛浮嘴上说着肉麻虚伪，面上却是浮出了个笑。

人都是喜欢听好话的，即便知道那些好话不一定是真话，也还是爱听。

她笑够之后，在沐辰的肩膀上蹭了蹭，如同被得到满足后自然撒娇的小宠。

"对了，你为什么忽然抱着我？"

——你为什么忽然抱着我？

洛浮从前问过他很多刁钻的问题，没有一个能够难倒他，反而是今天，她随口问出的这句话，让他一时不知道该如何回答。沐辰脸上的微笑有那么几秒钟的僵硬。

也许是牵着她的时候被她甩了手，那一瞬，他非但不想放开，反而想把人抓得更紧，却怕抓疼了她，所以才一时冲动做了这个动作？可这份冲动该怎么解释呢？

连他自己都解释不清楚的东西，真能直接对她说吗？

"喂，为什么不说话？"洛浮的声音里带了些不满，"你是突然哑巴了吗？"

沐辰收回思绪，也收拾好脸上的表情。接着，松开了手，带上他惯常的笑。

看起来很是清澈，一点儿杂质也没有，满满的都是少年气。

他开口，语调轻松："倒也没什么别的，只是你看起来很需要人安慰，而我不是很会安慰人。"他说，"虽然我不是很会安慰人，但拥抱没有难度。"

这当然是一句假话，却也是这时候的最佳答案。

"老板娘你别想太多，我没有占你便宜的意思。"

洛浮闻言，就这么看着他，盯了许久，久到沐辰几乎觉得自己的表情维持不住，她才移开了目光。

"是这样啊。"

她恍然大悟似的，眼底却闪过几分失望。

"对啊，我早该想到的。不是这样，还能是哪样呢？"

"你……"

沐辰敏感地察觉到洛浮情绪的变化，只是，这次不如之前。方才他就算不知道说什么，却也阴错阳差因为那一时的冲动将人哄得好了些，而现在却明显不行了。

"不得不说，你这招还不错。"洛浮眨了眨眼，"用来安慰人，挺管用的。"

沐辰勉强加深了那个笑："是吧，我也觉得挺管用的。"

"但以后别再用了。"

洛浮转身，摆摆手。

"好了，我之前有些小情绪，但是呢，女孩子嘛，偶尔有些小情绪也正常不是吗？如果再有以后，让我自己待会儿别管我就行。"

沐辰隐约觉得她这会儿说的是气话，可即便他这么想，却也无法反驳。

只能轻轻应一声："知道了。"

然而，这个回应并没有让洛浮满意。

这真是所有回应里最烂的一个了。

5.

酒会结束之后，在回家的路上，依然是唐子谦开车，洛浮坐副驾驶座位，沐辰一个人在后座。他们之间，便如同来时，没有言语也没有交流，似乎没什么区别。

可就算什么都像是一样的，就算他们没有说话，单是从这样凝滞的气氛里，唐子谦也明显感觉到了两人之间的不对劲。

来的时候还好好的，酒会的时候也没异常，可现在……他们这是怎么了？

唐子谦心里疑惑，但也没有真的问出口来。

他只是一边开着车，一边找着轻松的话题，想和洛浮聊天，可她不管谈什么都一副兴趣缺乏的样子，就算回应他，也多是敷衍。

虽然洛浮今天一直是恹恹的，但也没有这么明显。难道是酒会期间，他不在的时候，发生了些什么？

唐子谦的眉头浅浅皱着，顺手接起电话。

"喂？"

电话那边的人不知说了些什么，他原本只是浅浅皱着的眉头，痕迹一下子变深了些，握着方向盘的手指也发紧。

"好，我知道了。"

说完挂断，他平复了一下心情，在下个路口果断拐上另一条路。

洛浮一直在发呆出神，就算他动作这么明显也没有注意到，但沐辰不同。他看了一眼原本应该走的路，又看了一眼唐子谦行驶的这条完全陌生的路，想了想，开口问道："这是去哪儿？"

"听说住的地方今晚停电，怕不方便，我们去找个宾馆。"唐子谦放松下来，语调平和，说得和真的似的。

可那样的高档小区又不是没有配发电机，怎么会随便停电？这真是个烂借口，不像唐子谦会编出来的。不过，大概唐子谦也并没有想刻意隐瞒什么，他只是需要一句话，把沐辰的问题带过去，至于沐辰会不会多想，会怎么想，其实都不关他的事。

大家都不是小孩子，不会做这些没有意义的拆穿。

沐辰这么想着，慢慢沉默下来。

也是这个时候，他原本因为洛浮的异常而被打乱的心思重新活络起来，不由得想起那个灵魄的言语和洛浮的反常。慢慢地，他有了些不太好的预感。

等了一晚上都没有异常，倒是现在……

她口中的那个意外大概是要发生了。

【第八章】

YUJIANTADE
NAJIAN
HUADIAN

就是那一瞬间，他想，自己栽了，
可是栽得很好

1.

唐子谦很是小心，一路上七拐八拐，照这样的车速，怕是第二天要吃不少罚单，看这模样，像是要甩掉什么人。虽然沐辰并不觉得后面有人在跟着他们。

他下意识望一眼洛浮，也不晓得该说是意料之外还是意料之中，她看起来很是迷茫，额头上覆了一层薄薄的汗，眼神也是空洞的。也许，下一秒，她就要被那个灵魄取代。

思及此，沐辰有些不舒服。

可是，很快，他又想到，如果是这样的意外，那还是不要让她看见更好。这件事，从头到尾，都不真正关她的事，既然如此，还是不要牵扯进去最好。

"到了，就是这儿。"唐子谦将车停在一处坪前，"我们今晚在这儿住一夜，明天再走。"

　　沐辰打量了一下眼前的建筑，一怔，怔完之后倒是没有什么别的想法，唯一的念头就是，如果这样的地方真是酒店，那估计也是挺贵的。当他揣着手跟着唐子谦走进去的时候，里边已经有人在等着他们了。

　　他们被带到一处套间，里边是相通的三间屋子，但互相有墙壁隔开，只要不刻意绕过，就看不见彼此的房间。

　　因为那个灵魄的缘故，洛浮整个人都显得迷迷糊糊的，只是偶尔会有些将醒未醒的感觉，但她醒得很碎，时间也短，如果不是因为沐辰多有留心，几乎都没有发现。然而，因为这个发现，他暗自心惊。

　　根据她之前的反应，他大概猜到，她是知道自己体内另一个灵魄的存在了。只是，他没有想到，她会有和那个灵魄对上的一天。这样的动作，她分明是在和那个灵魄争夺这具身体的控制权。

　　这样的情况，即便是他，都觉得有些不可思议。

　　"不舒服？"唐子谦锁好大门，走到洛浮身前。

　　他所站的位置正好挡住沐辰的视线，也不知是有意无意。沐辰脚步一动，没怎么走，只是正好移到能看见她的地方。

　　此时的洛浮，紧咬着牙，额发被汗水打湿，像是在挣扎着什么。她的眼睛里闪过几分痛苦，手指也有些颤抖，可就在沐辰扶上她肩膀的时候，这一切都停了下来。

　　她长舒一口气，抹一把汗，轻轻闭着眼。

"我没事。"

在这句话出口的时候，沐辰微不可察地跟着她松了口气。

这是洛浮，他分得出来。

可很快，他的心又再次提起来。

这是洛浮，她赢了那个灵魄……那接下来的事情，该怎么办？沐辰对她多有担心，希望她能胜过那个灵魄，却也私心希望她不知道今天的事情。

他猜不到接下来的意外是什么，但看那个灵魄的反应，总归不是什么好事。

洛浮刚刚放下擦汗的手，就看见沐辰的表情。

她微顿，垂下眼帘。

果然，他是知道的吧？或许知道的还不少。

再或许……

再或许，他甚至早和她身体里另外一个灵魄有过交道了。不然的话，他这模样又该怎么解释呢？他看起来，真是一点儿都不希望她赢啊。

洛浮一下子有些乏力。就连之前和那个灵魄争夺这具身体都没有这么累，反倒是现在，她觉得自己真是疲得很。大概是在极致的紧张之后，一下子又放松下来，洛浮当下只觉得脑袋发晕，眼前一黑，连带着腿也软了，就这么倒下去……

只是，没有摔倒在地上，却倒在了一个人的怀里。

接住她的自然是唐子谦。

洛浮纠结着抬头，望一眼抱住她的人，本来想起来的，却被唐子谦按住。他的语气难得的严肃："不舒服还乱动？"说完，用手背试了试她额头的温度，试完便弯身一把将她抱了起来，"摸起来没有很烫，应该不是发烧。可能是累着了，好好休息，不要多想，明天如果还是不舒服，我们就去医院。"

洛浮抬着眼睛望他，不久后又低下。

她应了声："好。"

应完便闭上眼睛，旋即沉沉睡了过去。

2.

这三个房间是并排的，洛浮睡在中间，沐辰在最里边，而唐子谦则是最靠近门口。沐辰对于那个灵魄口中的意外，一知半解的，弄得他完全没办法忽略掉那感觉，从躺下的那一刻，便一直在想着那个不知道什么时候会来的意外，怎么都睡不着。

他辗转反侧，最后转身，望着眼前的墙壁开始发呆。

那堵墙后面是洛浮。

其实，他看出来她对他的气恼了，只是觉得她对他的气恼来得有些莫名。她是怎么了？沐辰隐约觉得今天的洛浮有点奇怪，是在"意外"这件事之外的奇怪。

他按了按心口，不过，奇怪的也不只是她。

毕竟，他自己也不大正常。

就这么睁着眼睛等了半宿，沐辰紧绷的神经随着睡意来袭而慢慢松懈下来。只是，他一直强自撑着，怎么也不肯睡。

"这也太坑了。"他嘟囔一句，甩了甩头，眼皮却越来越重。

最后，他索性坐了起来，顺手掐了一把自己的大腿。

倒不是想阻止或者有什么其他的目的，只是，明知道有事要发生，要还能不管不顾去睡，那沐辰也就不是沐辰了。他习惯把什么事情都掌握在手里，哪怕再怎么疲累，对待将要发生的事，也一定要清醒干脆地去迎接和准备。

即便那件事他改变不了，但能从头到尾看着它发生，那也是好的，至少好过迷迷糊糊混过去。否则，万一等到事后，生出了个什么意外，再要懊恼，那便是一点儿用都没有了。

正是这个时候，他眉头一动，转向门口。

他好像闻到什么味道，那味道……就像是有什么东西烧焦了。烧焦？他心底一惊，连忙下床就想赶过去，却不想，他刚刚下床，就被定在原地。他的双腿仿佛被绑上了千斤重锤，迈不动步子，甚至连手也动不了。

味道越来越重，很快，他就看见了浓郁的烟气。然而，随着他的焦急越来越重，他的行为也越来越受控，直到完全动不了。这是……天道害怕他改变现状，所以在控制他的动作，对他进行压制？

火浪蔓延的速度很快，不久就到了门口，这样的热度和烟雾分明应该触发报警器的，但他头顶的消防装置却一滴水都没有喷出来。虽说知道会有事情发生，但再怎么猜测，沐辰也没有想到会是火灾。

这是他第一次面对这样的灾难，不得不说，推测和实在的感受相差极大。

就算他知道往后他们还要在这儿待两年，觉得他们生命的轨迹不会在这儿结束，就算他猜测，他们应该是不会死在这里的，但在被热浪扑到的时候，他还是会紧张，还是会担忧。站在原地，沐辰一直等着唐子谦和洛浮的动静，然而，直到现在，他们也没有声响。

这时候，火舌已经从门缝下边窜进来，整个套间就像是一个蒸笼，能把人活活烤熟。

当下，沐辰觉得自己整颗心都凉了，可也就是在感觉到心凉的同时，他腿脚一软，踉跄了一步。

他能动了？沐辰没来得及细想，赶忙跑了出去，洛浮的房间里没有人，他连忙再往唐子谦那儿赶。果然，他看见洛浮正搀着昏迷的唐子谦要去推门。

"喂，外面那么大的火，你开门是要干什么？"沐辰抓住她的手腕，"你的手不要了？"

而洛浮用一种极为冷静的眼神在看他。

"这件事，我经历过一遍了。还有，我不是人，烫不死的。"

沐辰一愣，不自觉地松开她的手。原来是她。对啊，要不是她，也不会是这样的表情，不会这么快就做出该怎么办的决定。

他微顿，转移话题似的："你在干什么，你要带走他？你不是说这个时空里的事情不能改变吗？"

"我没有改变什么。"她紧了紧扶住唐子谦的手，"当初……我也是这么带他走的。"接着，她摸上那扇门，却不是要推开它，而是从门上的暗匣里取出一把钥匙。

那扇门被火烤得很烫，她不过刚刚伸手过去，沐辰就听见一阵轻微的"嘶嘶"声，并且，也看见她瞬间被烫出血水的指尖。"洛浮"没有看他，只是很专心地在做自己的事情，却在转身的时候触及他的目光。

她说："现在是我，她不会疼。"

沐辰微滞，如同被猜中了心事的少年，掩饰一般地问她："我只是在想，你怎么知道这里有东西。"

"我当然知道，事实上，他会来这里，是我安排的。他住宅处发生的意外、他托下属找的临时落脚点，还有，这里的火灾。"她的声音发紧，"都是我安排的。"

没有想到她会说出这么一番话，沐辰反应不及。

"但是我后悔了。"

她利落地推开电视后边的暗墙，在墙后的门上插进钥匙，很快走进去。

"快走，这个地方还有五分钟就要爆炸，而我们从这儿赶到车库的路程差不多就是五分钟。当年我灵力充裕，缓解了一些急迫，可现在我什么都做不了。"她拉住沐辰，让他接住唐子谦，"你背他，我带路。"

沐辰也知道现在不是说话的时候，因此，哪怕再怎么惊讶、再怎么满肚子疑问，也是一声不吭，只是扛了人赶路。的确，按道理他们不会死，可很多时候，道理不一定管用。每一条路都有许多意外，比如，他们不想改变现状，不想违逆天道，可如果真出了什么状况，那他们照样得死。

洛浮在前边带路，沐辰紧紧跟着她，她跑得很快，快到有几次转弯的时候他都差点儿跟丢了。沐辰死死咬着牙，憋着一口气，直到三个人坐上了车都没放松下来。

插钥匙、发动，猛踩油门。

终于，就在他们开车离开酒店，行驶上了高速的那一刻，身后传来震耳欲聋的爆炸声，那动静几乎让他的心跳都停止下来。沐辰打开车窗，长舒一口气，被灌进来的冷风拍得清醒了些。

"现在可以说说，这是怎么回事了吗？"

沐辰试图让自己冷静，但身体却不听他的使唤，即便以前见过再多的匪夷所思，可面对死亡，他还真是头一次。沐辰牵出个笑，好吧，往好了想，他也是又见了一回大世面。

血液在血管里流动很快，心脏也跳得几乎炸裂，他与她搭话，想要转移自己的注意力，却也做好了她不会回答的准备。

可她望了他一眼："好奇？"

"嗯。"

"你看起来很不冷静。"她闭上眼睛，仰着头靠在后座上，"不过，我和你也没差多少。"

沐辰透过后视镜看了她一下，心想，哪里没差多少了？她看起来分明放松得很，却没有注意到她搭在膝上微颤的手指。

"正好，我也想找人说说话，既然你想听，那我就告诉你。"

3.

洛浮是开店的，既然是开店，自然就要做生意。虽然，她的花店只是个幌子，那儿并不卖花，收的也不是钱。沐辰知道，她开店，是为了换取灵魄。作为一只道行颇为高深的妖，要取得人类灵魄，并不是很费力气，只是，若直接动手，难免要被人盯上，比如除妖人。

就像沐辰这样的除妖人。

所以，她公平交易，她给来者任何他们想要的东西，以此换取自己所需。这样的两相情愿，没有人可以阻止，也没有谁可以来插手管理。

而就是在距离现在的两年前，有人来到花店，他所要求的，是一个人的命。

只是，很可惜，对方虽然要的是命，可洛浮并不能去夺谁的命。这样的动作太明显了，容易被盯上。况且，用一条命换一条命，这样的交易，对她而言也不划算。可她面对客人，当然不能这么说。

她只是说，死亡并不是最痛苦的方式，倘若真的有恨，那便该毁了对方，让他一无所有，死生不能。大概是这句话让那位客人比较满意，所以，最后，两人定下的协议，也是依照洛浮的建议修改的。

那位客人是唐丘，他要报复的对象，是唐子谦。

唐丘是唐子谦的弟弟，名义上的弟弟，两人之间并没有什么血缘关系。唐丘是被领养的，领养的原因也不像对外所说的那么光明，无关什么慈善。事实上，唐子谦的肾脏有先天性缺陷，不知道什么时候就要出事，而唐丘就是一个器官资源提供者罢了。

唐丘从孤儿院出来，被唐家收养，从任人欺负到锦衣玉食，不是不感激的，然而，在丑恶的真相面前，那份感激也实在讽刺。原来，他的存在，不过就是为了第一时间提供脏器。这让他不自觉想起猪圈里的猪，那些猪被关在里边，好好养着，最后就是要被吃的。

原先的感恩，在时间里变质发酵，慢慢成了仇恨。

他恨唐董事长，恨唐家的每一个人，而最恨的，还是唐子谦。

一切都是因他而起，他怎么可以什么都不知道？怎么还可以对自己笑，怎么还可以在自己沉默的时候，说什么真是自己的家，说什么大家是家人，说什么他真的拿自己当弟弟，让自己不要闹脾气？

真是可笑。

他怕是还以为这样很感人吧？

唐丘一边在心底这么想着，一边防备着那些人的动作。

大概是时刻都绷紧着自己在观察，终于，在后来的某一天，他发现了唐子谦犯病的迹象。那天很巧，唐子谦在书房里看书，管家在楼下准备饭菜，他的病犯得很突然，没有人察觉到，除了唐丘。

而唐丘就这么冷冷地躲在门外看着，看他挣扎，看他拼命想呼救，看着他陷入昏厥。最后，唐丘掩上他的房门，佯装乖巧地下楼，对大家说，哥哥不饿，不吃饭了。

但唐丘当时还小，即便再有心计，又能深到哪儿去？

这件事很快被发现，唐子谦也被救回来，而他惊慌之下，想要逃跑，却不慎坠下楼去，又因为没有及时救助，自此废了双腿。他失去了行走能力，又在尚不清醒的时候，被推去给唐子谦换了肾脏，醒来之后，他的第一反应是笑，第二才是恨。

原来他真的什么都改变不了，原来他真的就是猪圈里的猪。

后来，时间过去，日复一日，唐丘变得越来越偏执，也越来越偏激。在他眼里，唐家人的愧疚都是虚伪，补偿也都恶心。不过，这样的看法，站在他的立场上来看，的确是没错的。毕竟，他们对他做了那样的事情。

这样的手段实在卑鄙自私，哪怕用父母之爱这个名义来掩饰，也还是卑鄙自私。

这本来就谈不上道理，领养就是领养，有目的的利用就是利用，错的就是错的，洗不白的。

他们先做了那些事，那么，事后不论做什么弥补，也都没有用了。

所以，唐丘想让唐子谦死。

在这个要求被拒绝之后，换的，是让唐子谦身败名裂，不只是唐子谦，更重要的是唐家企业。那些人，他一个也不想让他们好过。

而洛浮虽然不懂他的恨，却实在是个好商人。收谁的好处，为谁做事，天经地义。

如果她没有看见唐子谦，她也会一直这么称职下去。

可惜，在看见他的第一眼，她就乱了。

轮回转世这种东西是很玄的，即便拥有同一个灵魄，但那个灵魄在每一世都会被赋予不同的外貌和性格，不要说轻易认不出来，就算认得出来，也没什么意义。性格不同，想法不同，没有记忆，就算灵魄一样又如何呢？那也不是他了。

可洛浮不这么想。

或者说，蛰伏在洛浮身体里的那个灵魄不这么想。

于是，在看见唐子谦的那一刻，她苏醒过来，占了洛浮的身体，一边靠近唐子谦，一边与唐丘周旋。唐子谦的灵魄，在很久很久之前，属于他的爱人。可是，他的爱人，也是她最恨的人。

她对他一直都很矛盾。

在遇见唐子谦之前，她以为自己的爱早被磨灭干净了，在遇见他之后，她才发现，爱这种东西是磨不干净的。她的恨意不假，怨念也深，她有些时候，真的恨不得杀了他。

可大多数时候，她还是想看着他。

然而，当时的她并没有真正认识到自己的心意。那时候，她满心都想着，这个人是负过她的，他不应该活着，她把痴恋解释成愤恨，把自己投向他的视线理解为怨。她以为她只是恨他，她以为自己想让他死。

只是，她以为的，从来都只是她以为。

于是，带着这样纠结的心情，她继续与唐丘合作。

从刻意的接近开始，一步一步，她拿到他的心。然而，在拿到他的心的同时，她暗自心慌，觉得再不停止，恐怕要将自己也搭进去。

最后，她提出了策划这场火灾。

她永远记得，在很久很久以前的那一世，他们的别离，就是因为一场火灾。因为那场火灾，她没有了自己的身体，只能寄居在其他妖类、灵类的躯壳里。她被驱逐过，经历了许多次对抗，她想活下去，甚至有些贱地想再见他。

为什么想再见他呢？那场火分明是他放的。

对了，他不是什么寻常人类。

他是除妖人，是赫赫有名的段家分支下的一位弟子。

她很痛苦，每次想到这些往事都很痛苦。她想，要解决这样的痛苦，大概需要把往事重演，换个主角。于是她策划了这一切，想借此做个彻底了断。

然而，就在最后的关头，她后悔了。

她没有办法离开他，没有办法杀死他，哪怕她因他变成现在这副样子，也还是动不了手。当年不行，现在也不行。

4.

她的声音很轻，轻得不带一丝感情，仿佛在说一个故事，仿佛，那个故事属于别人，与她毫无关系。

但是，沐辰却听得有些难受。他从小到大听了无数的故事，但那些多是编的，就算偶尔有些真实的，也不是由当事人说给他，更不可能是这样的故事。沐辰也是人，是人就会有感情感触和感觉，哪怕他是个除妖人，而给他讲故事的，是一只妖。

良久，他深吸口气。

"你的经历……"他顿了顿，"我很遗憾。"他压低嗓子，"但就算这样，等出去之后，我也还是会拿回我要找的东西。还有，这具身体，也不该属于你。"

后座上的人轻嗤。

"除妖人啊……果然是除妖人，心都硬得和石头一样，不论是你还是他。也许，做这行的，都这样吧。没能调动你的恻隐之心，真是让人遗憾，不过也没什么，他我舍不得杀，你还是可以的。"

沐辰应了声："还有两年。两年之后，我们出去做个了断。"

"不是两年。"她的声音有些疲倦，"是一年零七个月，时间总是过得很快的，你没算过吧？打从来了这里，你就没算过了吧？"

"你每天都在算？"

"是，每天都在算。"说完这句话之后，她再没有开口。

作为一个寄居在别人躯壳里的灵魄，她的消耗度其实很大，因为难免的不契合，偶尔还会有些磨擦。所以，过去的她，休养那么久才能偶尔出来一次。

沐辰其实觉得她有些可怜。

可这并不是她随意占据别人躯壳的理由。

比如说，她可怜，那么被无故寄居、夺了躯壳的洛浮呢？她不可怜吗？

这个世界上，每个人其实都有自己的可怜之处，牵扯上同情心来对待问题，这实在是太愚蠢了。心肠该硬的时候就是要硬，事情该做的时候就是要做。

这是原则。

沐辰抿了抿嘴唇，再次望一眼后视镜。

大抵是那个灵魄再撑不住，终于陷入沉睡，也因此，洛浮醒了过来。

或者说，真正的洛浮醒了过来。

"我怎么在这儿？我的身上怎么这么多灰，好重的烟味……"

洛浮的声音有点儿沙哑，她看一眼身边衣服上染着血色的唐子谦，又看一眼自己被蹭破皮的胳膊和冒着血水的手指。

她皱眉："很疼。"

"你忍一忍，我很快带你去上药。"

沐辰朝着那个灵魄留给他的地址开，车速非常快，快到洛浮在意识到这点之后连忙系好了安全带。

"你别开太快，你慢一点！"她握着安全带，"我虽然没有记忆了，但看这样子，刚才应该是发生了什么吧？我们这是死里逃生吗？你千万稳着点儿，别好不容易逃了生，又死在车祸里。"

"……"

"你听见没有？"

洛浮想探头过去，却因为安全带的束缚动作不得。

之前大概刚刚醒来，很多事情都迷迷糊糊，可现在，她终于将自己失去意识之前发生的事情都想起来了。想到那个拥抱，想到那一句话，也想到酒店里她摔倒的时候，他明明就在她的身边，最后扶住她的却是唐子谦。

这一幕一幕在她眼前晃过，洛浮忽然愤愤。

她扯开安全带，直接就往副驾驶爬。

而沐辰一直专心开车，在发现洛浮醒来之后，他整个人就放松下来，并没有多注意后面的动静。说来奇怪，也不知道为什么，在她醒来之后，沐辰开车的专心程度提高不少，原本复杂的心思也慢慢沉了下去。

大概，是真的怕她乌鸦嘴说中，会出什么意外。

又或许，只是害怕出了意外，会伤了她。

沐辰的唇边带上一抹笑意。只是，在那笑意完全蔓延开来之前，他又是一阵心惊。

"喂喂喂，你干吗？！回去回去！你别爬别爬——"

沐辰一边注意着她，一边控制着自己的手不离开方向盘："你快回去！"

可洛浮几乎都要爬到副驾驶了，又记着他不理她的这个仇，哪里会听他的？

"你管我！"

正说着，沐辰遇见一个急转弯，他一时分不开神，连忙踩刹车——

由于惯性的缘故，洛浮当时便栽在了他的怀里。

这儿是近郊，路况并不好，在沐辰急刹车的同时，车身挂倒了路边一棵矮树，那树叶哗哗洒了一地，有半截还撞在了车上。

沐辰紧紧抱着怀里的人，是抵挡的姿态，他的整个后背都被破损的侧车窗给划得血肉模糊，可洛浮被他保护得很好，一点儿伤害也没有受到。

在抬头的那一刻，洛浮看见他肩膀上蔓出的血，不自觉地瞪大了眼睛。

她似乎是在担心他，可沐辰心底却只有欣慰。

他的第一个想法是，还好，保护住她了。而后，则是在想，认识了这么久，他们的接触还没有这一晚上多。

在这两个想法冒出来之后，他忽然就意识到了什么。

也许吧，和她在一起总是提心吊胆的，一点都不轻松，也经常不愉快。她有很多很多不好，真的很多，多到他几乎不能忍。

可他好像就是栽在这儿了。

而且，没有不忿。

他想，栽得很好。

【第九章】

YUJIANTADE
NAJIAN
HUADIAN

我说，我喜欢老板娘，很喜欢很喜欢

1.

早知道自己受个伤就能让她变得乖顺，那他真应该早点儿受伤。

坐在沙发上，沐辰看着不远处为他削水果的洛浮，这么想到。

他们的所在地，是那个灵魄写下的地址，原本以为是什么神秘的避难点，却没想到，竟然是洛浮的花店。原来，在这个时空里，它在这个位置。

不过那个灵魄还真是挺聪明的，这是洛浮的地方，即便能被人找到，但至少在这里，她有绝对的自主权。

沐辰瞥了一眼墙上鱼状的浮雕。那个地方，正在往外散发出丝丝灵气，它们在补全她的缺失。比如她昨夜蹭伤的手臂，比如她手上的伤口，比如他看不见的灵魄上的缺损。

而散发出灵气的那件东西，就是他要找的。

说来，那东西是他们的家传至宝，只可惜，丢了几百年。那是一脉灵根，有着无尽的灵气，在除妖人手里，多是修补自身损耗的，而落到妖的手上，却是等于一次重生的机会，它的力量之大，足够让它们在元身被毁之后，靠着灵魄继续存活。

总而言之，这是一件难得的宝物，几乎能算得上是可遇不可求了。

洛浮曾经问他，是不是段家人，他说自己不姓段，他的父亲、爷爷，都不姓段。他却没有正面回答，自己是或不是。

当然，他是。

然而，在那件东西丢了之后，他家先祖们自觉无颜面对之前那些先祖，自此便只取族谱上的字来做姓，并且发誓，找不回这脉灵根，便再不冠这个"段"字。就这么过了近千年，沐辰作为这一辈的段家传承人，理所当然地担下这个责任。

说来也是巧合，那么多先祖前辈找了几个轮回都没能感觉到它的波动，倒是他运气好，没找多久，便感觉到了它的所在。也许，从另一方面来说，这也是天意的一种吧。

沐辰试着动了动受伤的那只胳膊，没想到，刚刚动一下，他就疼得咬了牙。其实他当时没觉得伤得这么厉害来着，果然是那时候被分散了注意力，感觉不到痛吗？

"你别动了，伤口又渗血怎么办？"

洛浮拿着水果走过来，满脸的不赞同。

　　其实没有什么相似的地方，不论是表情还是感觉，这样的洛浮，和他第一次看见的那个洛浮，实在是没有一点儿相似度。但他就是忽然想起来自己第一次看见她的场景。

　　当时，他追着自己要找的东西，顺着它的气息来到这间花店，因为不确定对方是怎样的人，便是一阵装疯卖傻，只想糊弄着留下来。也是因此，在她问他来干什么的时候，他咧出一口小白牙，笑嘻嘻对她说"相亲"。

　　现在看来，他还真是相亲来的。

　　"你别是傻了吧？"洛浮伸手在满眼笑意的人面前一晃，"你看着我笑什么？"

　　沐辰摇摇头。

　　也不知道是谁傻，活了这么多年，情商能低成这样，也是挺难得的。

　　"老板娘，你真是太没情调了。"

　　"哦？"洛浮挑眉，"你的意思是，等你的伤口开始渗血，要我给你重新包扎一下，就有情调了？"她戳了戳他的伤口，"这玩的哪一出，血色浪漫？"

　　沐辰一个不防，被她戳得倒吸一口冷气。

　　洛浮见状先是皱眉，之后又恨恨哼了一声："该！"

　　"好好好，我错了。"沐辰看透了她的嘴硬心软，故意装出虚弱的样子，满脸真诚地回应，"原谅我吧老板娘。"

洛浮又哼一声，过了一会儿轻咳："真的很疼吗？"

沐辰叹一口气："真的很疼。"

却没想到，他这句话之后，洛浮忽然就没有了言语。

她低着头，咬住下唇，也不知道是在生谁的气。

"老板娘？"他吃不准她的心思，心想着，自己是不是装太过了，很快又换上一脸笑意，"其实我骗你的，并不很疼，就一点点，蚂蚁咬了似的……"

她转头看他，正巧看见他一脸讨好的笑。其实他不用这么对待她的，他们本来也就是面上的平和而已，偏偏这个人做得这么真，叫她都有些分不清现实如何。

"你……"

洛浮打断他，眼底是她自己都不曾注意的复杂。

"谢谢你。"

说完，她又低下头去。

"还有，给你添麻烦了，对不起。"

沐辰一愣，笑盈盈道："我又没怪你。"

"这次的安慰实在很烂。"她避开他的视线不看，只白个儿嘟囔道，"不过，你的什么安慰，都对我没效了。"她也不知道是想到了什么，"不管你说什么，以后都没效了。"

　　洛浮也觉得自己这个脾气来得无常又古怪，分明昨天是她无缘无故闹情绪，才会害他因为保护她被弄成这样，分明她应该要感谢他的。可她就是不舒服，心里、脑子里，哪儿哪儿都不舒服。

　　她总是不自觉在想，他这么护着她是为什么呢？

　　一方面，她告诉自己，他只是需要从她的身上得到一些东西，可另一方面，她又总是忍不住觉得，他对自己的好，已经超过了要从自己身上得到什么的范畴了。如果只是互相利用，如果只是打探算计，他真的需要帮她挡玻璃、真的需要给她拥抱以作安慰吗？

　　她想问，事实上，酒会的时候，在他怀里，她也问了。

　　可他说得含含糊糊、不清不楚，回答了和没回答一样。

　　不对，回答了比没回答还让她心里堵。

　　说实话，洛浮并不知道自己想听到的是什么答案，可就算如此，她至少也分辨得出，沐辰说的，不是她想听到的答案。

　　"老板娘，你怎么了？"

　　她转头看他，他一脸无辜。

　　他怎么还能做出这样的表情？她都要因为他烦死了，他怎么可以置身事外，一点事儿都没有呢？这不公平。

　　她这么想着，也就这么念出来。

"这不公平。"

"什么？"这下子，沐辰是真的读不懂了。

虽然说人的脑子每时每刻都在运转和思考，这一秒和下一秒，想的东西就是未必一样，可她这也转得太快了吧？！

她现在想的，和之前想的，明显就不是一件事啊！

"老板娘，你到底在想些什么？"他犹豫了一会儿，终于开口问道，"如果不介意的话，你能告诉我吗？"

明明是一句平淡的话，听在洛浮耳朵里却像是个引子，被点上了火、冒着火星一路噼里啪啦的引子。

"好，我不介意，我告诉你，我就是在想你！"她几乎是吼出来的，可声音偏偏又被她压在了嗓子里，"可是，我这么想着你，你却什么也不知道！沐辰，你既然是带着自己目的来的，就麻烦你尽职一点，不要这么不清不楚地对我了好吗？你自己也是叫我老板娘的，既然这么叫了，那麻烦你有个员工的样子，别和我牵牵扯扯的，你才几岁啊，这个年纪怕是连我的零头都不到，没大没小……"

她越说越激动，也越发语无伦次，说到后面，连她自己都乱了。不过，她本来也不知道自己想说些什么。她只是激动，只是需要一个发泄的方式。不论那个方式是吼一顿还是和人打一架，有就够了。

而至于吼出来的是些什么内容，打的是谁，这都是其次，并不重要。

2.

洛浮说的话，沐辰没有听懂。这不奇怪，毕竟那些话，她自己都没有听懂。

可沐辰就算没有听懂也不要紧，他听清了一句就够了。

她说，她在想他。

难道，她的异常，是因为这个？

串联着之前种种，沐辰突然福至心灵，想通了些什么。越想，他唇边的笑意越深。原来是因为这样。

果然，洛浮啊……她的情商是真的很低。不过，说着她情商低，沐辰猛地发现，自己也没有高到哪儿去。

他的纠结不比她少，之前心里的烦闷拥堵也不比她少。甚至，他认清楚自己的心意，也不过就是在昨天晚上而已。

但还好，认清了就好。

他不是一个不敢面对自己感情的人，哪怕这份感情的对象，看起来与他有些不那么适合。可管它呢，感情里哪有什么适不适合？理性思维在这里是最无用的东西，因为，这种事情，它唯一的考虑，只能是愿不愿意。

而他很乐意。

沐辰摇着头笑出声来。

洛浮看得很气，非常非常气，甚至差一点儿就气炸了。

她都这样了，他居然还笑？还笑得这么开心？！

当下，洛浮几乎都想把果盘拍到他的脸上，只是目光一触及他的伤口，这个念头很快又自发自觉地消失掉了。她强压下心头火气，语气有些冷。

"我走了，你自己在这儿吧。"

"等等啊。"他用受伤的胳膊拉住她。

却不想洛浮猛地一甩："放开！"

"嘶——"

这次不是装的了，沐辰是真的疼得连汗都冒出来。而洛浮很快意识到，连忙回身，果然，纱布上已经红了一片，是伤口裂开了。

但沐辰却不管不顾，继续用受伤的胳膊抓住她。

"你干吗？！"

"不干吗，老板娘。"他做出一副可怜兮兮的样子，眸中却闪过几分狡黠，"我想抱抱你。"

洛浮气极反笑："你想抱就抱？"

"谢谢！"

他像是只听字不听语气一样，径自将她揽入怀中。洛浮一惊就要挣扎，但她一动，就能听见耳边的吸气声和痛呼声。虽然不知道他是装的还是真的，但洛浮碍于他的伤势，却是真的没有再动了。

枕在他的肩膀上，洛浮有些委屈。

这算什么事儿啊……

这到底算是什么事儿啊？

凭什么啊……

她默默委屈着，也不说话，也不动作，就这么由着他抱。

良久，沐辰的动作一松，他还没放开，就听见她闷闷的声音。

"抱够了？"

"没抱够。"沐辰手上放开她，脸却凑过去。

他的眼睛很亮，眉眼之间都带着浓浓的笑意："还想亲一亲。"

"哈？你……嗯，唔……"

唇上覆盖了一片温软，有温热的呼吸轻轻拍在脸上，虽是温热的，她却仿佛被灼伤了一样，脸上忽地就烫了起来。

洛浮的眼睛瞪得很大，沐辰，沐辰这厮……

他不应该说一出儿做一出的吗？他不应该句句谎话，从来都只会敷衍她的吗？他……他……他什么时候说话算数了？

这不过是蜻蜓点水的一个吻，带着些些的缱绻，浅尝辄止。

但沐辰很是满足。

尤其是在看见她愣怔的表情时。

但洛浮却不知道是激动还是气恼，情绪牵动了身体上的反应，随着时间过去、事件过去，天道对她的压制其实减小了许多，可当下，她还是一下没克制得住。在脸热的同时，她的鼻子里也忽然有些痒，接着就是熟悉的感觉……

不会有比这更丢脸的事情了。

不论原因是什么，但在刚刚被人亲完，忽然就冒出鼻血这种事情……

这个世界上，绝对不会有什么比这个更让人觉得丢脸了！

洛浮的表情瞬间狰狞，她一边随手抓过帕子捂脸，一边眼睛眨也不眨地盯着沐辰。而沐辰则是很有眼力劲地装作没有看见，一边喊着"哎呀沙子进眼睛了"，一边不住揉着。然而这动作实在太过于刻意，刻意到洛浮都觉得自己看不下去。

"行了！"

等到鼻血终于止住，洛浮气恼地把帕子一扔，径直抓住他的衣领。

"你刚刚那个动作是干什么，你把话给我说清楚！"

这时候，沐辰才终于抬起头来。

眸光浅浅，笑意深深，脸上带着的多是宠溺，那温柔几乎要从眼角流淌出来。被这样的眼神看着，洛浮一下子觉得脸上烧得更厉害了。可她却没有松手，反而抓得更紧了些。

"说啊！"

他笑得开心："老板娘，你还记得，我刚来的时候，说来干什么吗？"不等她回答，他便开口，"相亲。"他轻叹，"经过这么一段时间的了解，不知道老板娘对我满不满意，愿不愿意给我这个机会？"

洛浮呆呆的。

虽然她让他说，心里也隐隐是这样的期待，可她没有想到，他真会说这样一句话。

于是，她眨眨眼："什么？"

震惊这种情绪，很容易消退，可今天，洛浮却是陷入了一重又一重里。

她好像对什么事情都失去了反应，唯一的回应只能是"嗯""啊"，或者"什么"，而具体的连贯性的句子，却是一句也讲不出来。

被人牵着走的感觉很不好。然而，这一刻，她却不想反驳也不想做什么别的动作来掩饰自己的心意。

"我说什么，你没有听清吗？"沐辰挑眉。

洛浮微微抿着嘴唇，不答，就这么看着他。

沐辰见状，叹一口气。

"我说，我喜欢老板娘，很喜欢很喜欢。"

单看洛浮的表情，实在满是惊讶，但如果要望进她的眼睛，就能发现，惊讶之外还有点点喜色。她难得地不再多闹，只是任他将她拥入怀中，听着他在她耳边轻声细语，带着点儿哄骗的意味。

说起来，这是沐辰第一次和人告白，戏谑的外表下，藏着的是一颗真挚的心。

他不懂什么温柔，此时此刻，却总希望自己的语气能再温柔一点儿，再轻一点儿。好像，这样的话，她就更容易答应。

他问："你要不要接受我？"

她讷讷着，支支吾吾地问："接受你有什么好处？"

沐辰仔细想了想："这个世界上的人很多，每天会遇见的人也很多，如果喜欢上一个不喜欢你的人，会很苦恼。但如果你选我，那就不一样了，你会过得很幸福。"

3.

那天，听见沐辰的告白，洛浮几乎是落荒而逃。

太突然了，这一切都太突然了，没有一点儿的循序渐进。就像烈日时候猛然落下的大雨，莫名其妙得让人毫无防备，只能站在那儿被淋得浑身湿透。

趴在房间里，洛浮咬着被角，全然不似平日里淡然干脆。虽说，平日里的那些果断，也是她装出来的，并不可信。可现在，她真是装都装不出来。

平心而论，她在惊讶之外，非但没有一点儿厌倦的感觉，甚至还有点小开心，开心到她几乎立刻就想要答应。可也就在她开口的那一刻，她忽然又有些疑惑。

真的能答应吗？

沐辰的身上有太多秘密，虽然她并不愿意承认，可那样的他，的确让她有些不安。不只是他的来历和身份，甚至包括她。她总觉得，自己的情况，他是知道的。

知道，却在她问起的时候含糊带过，不告诉她。

她的确在情感方面一直都淡薄，淡得甚至像是有所缺失，可再怎么缺失，她大概也知道喜欢一个人的样子。像他这样，怎么能说得上什么喜欢呢？

原本激动的心情因为这个念头而一点点平复下来，到最后，她还微微皱了皱眉头。

沐辰从来都是游离恣意的，她曾经有一段时间很喜欢那种少年气满满的人，现在却发现这样一点儿也不好。尤其是他，她根本看不出他是否认真，或者，就算在那个当下，他是认真的，但她也不能确定他日后会不会后悔。

他和她不一样，他面对什么都是游刃有余的样子，虽然经常嬉皮笑脸，可在那张笑脸下，她好像从没有读懂过他。同时，他也很少为她而牵动自己的情绪，反倒是她，一点儿出息都没有，动不动就纠结，动不动就矛盾。他的任何一句话，一个动作，都能牵动她。

实在是很烦。她或许太当真了。

万一这只是对方的玩笑呢？万一他的告白，只是一时兴起怎么办？

越想越烦，越想越想逃避，洛浮的气性在这时候又涌上来，她猛地一掀被子，将自己整个人盖住。然而，被裹在被子里，世界变得安静，她的心却反而更加闹腾。

洛浮翻来覆去滚了许久，最后突然坐起身来。

两个人的事情，就她一个人为此烦心，未免也太不公平。

管他的，去和他说清楚，把自己的考虑和担忧都和他说清楚。能解决就解决，不能解决就拉倒，这样拖下去根本不是办法。

思及此，洛浮翻身下床，也不看外边漆黑一片，没有考虑现在是凌晨几点。她下床出门，直接就往沐辰房间走。

却也就是这个时候，她听见唐子谦房里传来动静。

心口忽地一疼。

那感觉很奇怪，像是钝器狠狠撞了一下，不尖锐，却忽略不掉。这不像是属于她的痛感，却分分明明痛在她的身上。难道又是那个灵魄？洛浮的眉头皱得发疼，虽然之前一直没有多加注意，可她只是迟钝，又不是傻子，现在不比从前，如今，情况都已经这么明显了，她要是再注意不到这之间的联系，那真是说不过去。

洛浮抚上自己的眉头，让它稍微舒展开来。

她身体里的那个人，和唐子谦究竟是什么关系？

这么想着，她顿住了脚步，原本朝着沐辰走去的步子在停顿之后转向唐子谦所在的方向。

说起来，自从回了花店，唐子谦就一直是沐辰在照顾，虽然沐辰自己也是个伤号，可不知道为什么，他似乎很排斥洛浮接近唐子谦，于是干脆利落地把所有的活儿都包揽了过去。洛浮也乐得清静。再说，她潜意识里总觉得沐辰是很厉害的，哪怕带着伤，照顾人也应该比她更擅长一些，既然如此，她自然也就心安理得地撒手不管。

而在此之外，这些日子，她也因为沐辰那一番告白一直无心其他，不曾多去注意唐子谦。事实上，倘若不是今晚上忽然感觉到他的存在，说不定，她都要把他忘了。

洛浮慢慢推开门，入眼就是那张熟悉的脸。唐子谦即便虚弱，却也依旧温和俊朗，因为嘴角天生上翘的缘故，看起来总是叫人觉得亲近。

只是，却又分明有哪里不同。

"是谁？"

他侧头望向门口，眯着眼睛，像是想看清楚来人，然而那双原先清澈的眸子在此时却没有半分焦距。

"你……"

洛浮的声音微颤："你的眼睛……"

不过是一面，不过是几秒钟的时间，这么短又这么仓促的一个对视，做任何判断都有可能失误。可她就是知道，他看不见了。

不是暂时性的，而是永久。

在那场火灾中，"洛浮"在最后关头看清自己，将他救了出来，可那时候火势已经蔓延到了第一间房，也就是唐子谦的房中。与此同时，因为"洛浮"是第一次下药的缘故，没能掌握好剂量，那药效极重，因此伤到了他的神经。

这一系列的不幸结合起来，最终的结果，就是唐子谦在这场灾难里失去了他的眼睛。

分明不关她的事，但洛浮的心口却越来越痛，直到最后，痛得几乎站不起身。

"洛浮？"

他微愣，很快调整好自己的情绪。

唐子谦刚刚醒来，意识尚未完全清明，本来想起身，却忽然发现，当下的自己看不见任何东西。他努力睁眼，可眼睛稍微一动就是一阵刺痛。因为这样，他才会一时慌张，没能第一时间认出来者是谁。

如果他方才知道来的是她，那么，即便他有再大的惶恐，也一定会仔仔细细将它藏好。便如现在，唐子谦将所有的不安和惶恐都掩下去，朝着声音传来的方向挥挥手。

"你没事吧？"他看上去一如既往，那样淡然又温柔，"对于那天的事情，我没有什么印象，大概是酒会时喝了酒，头很晕，睡得很快。可照现在来看，那时候是你把我带出来的？"他微微笑着，"加上之前那场车祸，你救我两次了。"

唐子谦当然是在撒谎。酒会那天他滴酒未沾，之后开车也开得稳健，他心知自己是被人下药了，只是不希望她太过担心，才会扯这样的谎。

"你的眼睛怎么样？"

他自己或许不知道，此时，他的眼睛血红一片，黑眼珠也莫名有些发灰，就像被什么灼伤了一样。但也正是因为不知道，他才能做出那样自然的动作想要试图糊弄她。

"睡得太久，眼前有些发黑，没事。"

洛浮的脑子越来越胀，意识也越来越模糊，她心知是那个灵魄又要出来取代她，她想反抗，她还有话要对沐辰说，还有事情要和唐子谦打探。然而，在这具身体里，她或许有优势，却比不上那个灵魄的执念入骨，拼着灵魄被磨损也要出来看他。

不久，洛浮陷入昏迷。在她临睡之前，听见自己说的最后一句话，是："那就好，你好好休息，我明天再来看你。"

闻言，她其实有些奇怪。

即便她不清楚这个灵魄和唐子谦之间的关系，可看她对他的关心程度，两人之间交情一定不浅。

既然如此，怎么会在好不容易抢赢了她的躯壳之后又说出这样告别的话呢？那个灵魄不应该要留下来陪他才对吗？

洛浮心下茫然，但很快她就被剥夺了神智，沉沉昏睡过去。

再想不到什么。

4.

为唐子谦关上房门，"洛浮"在门外靠着墙站了一会儿。她仰着头，含着眸中水色不让它滴落下来。缓了许久之后，她才终于眨眨眼，回了自己的房间。

接着，她从花瓶后边的暗格里拿出一部手机和一张卡。

开机，插卡，拨通一个号码。她的声音很轻，语尾微微勾起，每一个语音都像是羽毛，轻轻扫过听者的心尖。

这样的她，是一只真正的妖。

"喂？"

对面的人语气慵懒，声线华贵，却也带着隐忍的怒意。

"你不是说万无一失吗？怎么，人呢，尸体呢？"他笑了声，"失败了？"

她"唔"了一声："对，失败了。"

对面陡然传来瓷器碎裂的声音。

"你倒是挺理直气壮的，这次不成功，下次他就有了防备，他那样的人，谨慎小心，难免要查到我的身上。所以你接下来打算怎么办，再杀他一次？你觉得他还会给你这个机会，让你再杀他一次？！"

"我不杀了。"她玩着指甲，仿若无意。

那边微微沉默："你说什么？"

"我说，唐先生，对不起。这桩交易，我不做了。"她笑着叹一声，"我杀不了他，在他临死之前的那一刻，我忽然发现自己很想让他活着。"

等了许久，那边依然是沉默。

于是，"洛浮"自己继续说下去。

"我会补偿你的，那份血契，我也会直接断了，由我负全责，你不会受到影响。可同时，因为你不再是我的客人，如果你要有什么动作，我也不会留情。唐先生应该是知道我的来历和手段的，这个世界的规则对我无用，可您大概逃不开。"就算是隔着电话，她也能想象出唐丘现在的脸色和表情。这不是一件让人愉悦的事情，可她想着想着，不禁笑了，"就这样，再见了。"说完，也不等对方反应，"洛浮"迅速挂了电话。

这一幕和曾经记忆里的一幕重合起来，声音表情，半分不差。可知，她没有忘记，不仅没忘，还记得很深。

原来，这几年，她都不过在欺骗自己，她只是一直给自己催眠，一直做着自我欺骗，让自己以为自己早已经不记得了而已。

勾唇，"洛浮"捂住眼睛，那微笑的弧度里带着几分凄苦的味道。

"这样真是没有商业道德，也不讲诚信。如果我真是个做生意的，不止要败掉自己的招牌，这一次，也真算是亏得大了。"

她眨眨眼，把心头情绪强压下去，长长呼出一口气。

在从前，她所经历过最大的折磨，就是被自己所爱所信的人亲手杀死。哪怕过了几百年，这也依旧是她心中最痛、最不能触及的一件事。或许，如果不是遇见唐子谦，她永远也不会知道，这个世界上，还有比那一件更加让人痛彻心扉的事情。

不是被自己所爱之人抛弃，而是一步步算计自己心底的那个人，置他于死地。这种感觉，真是叫人难受啊。而更难受的，则是在事情过去之后，阴错阳差，她回到这个时空，被迫再次从头到尾回顾一遍。

她真是……

够倒霉的。

偶尔，她也觉得自己委屈，尤其是在面对唐子谦的时候，那种委屈更是成倍成倍地卷上来。她折磨他，她委屈，放过他，她也委屈；他对她好，她不开心，他忽视她，她更加不开心。

在面对唐子谦的时候，她怎么都不满意。

最不满意的，是与他相处时的自己。

她紧紧按住关机键，手机的光亮在她的掌中变暗消失，像是曾经的坚持，也像是那份被握得太紧而融入骨髓中痴缠着的爱恨。靠着墙，她笑着，声音却微颤，带着哭腔。

"我遇见你，真是……真是倒了八辈子霉了……"

可是你知道吗？

即便我这么觉得，即便我很后悔，即便我因你落到这种地步，即便我曾经恨你恨到想杀了你……

但种种情绪千回百转反复到了最后，我还是想遇见你，我还是忍不住对你抱有期待，希望曾经你对我下手只是一个误会。希望你能和我说一句，你是不得已的。希望你说，你其实不想杀我，你也很难受，不比我轻松。

只要你说，不论真假，我都会信的。

"洛浮"惨然一笑。

虽然，会有这样的念头，她也觉得自己怪贱的。

但是，不管是人是妖还是其他种族，是不是只要沾上感情这个东西，都会变成这样？哪怕尘埃落定，哪怕心底澈明，哪怕对什么都一清二楚，也能被几分没来由的侥幸给蒙住眼睛，变得不像自己。

【第十章】

YUJIANTADE
NAJIAN
HUADIAN

真糟糕啊……
她一直都只是一个傀儡而已

1.

交易这两个字，说得轻松，可一旦涉及灵力和灵魄，便显得深了。比如洛浮。

她要做一桩交易，成功了还好，可一旦失败，便要面临严重的后果。就像寻常公司在交涉过程之中定下的合同一样，她要取人灵魄，便需要一份佐证——

血契。

以心头血为证，结下契约，证明这条命是他自愿交出来的，只要事情完成，洛浮便能将其取走，不需要受到任何约束，也没有任何人能凭借什么理由处置她。在这样的契约里，不要说什么除妖人，就算是管理轮回的天道也不能拿她怎么样。

毕竟不是强取豪夺，两相情愿的事情，谁能够多说什么？

只是，毕竟命对于谁而言都是很重要的，哪怕这个世界上真的存在轮回，可谁会拿这点出来给自己安慰呢？也正是因为"命"的重要，所以，违反契约遭到的反噬也会很重。

　　沐辰出神似的望着坐在自己身边的人，半晌才动一下眼皮，若有所思一般。

　　好不容易表白了心迹，然而，自己表白的那个人，在给自己答案之前，就被另一个人给取代了，而且还每天都这么认真细致地在照顾着另一个男人。这种感觉实在是有点微妙。

　　不过，他现在的心情，真要说起来，这微妙还是其次。现在，他主要担心的是洛浮。

　　他看得出，这个灵魄能够在这时候出来，并且维持这么久，是拼着散魂失命的可能，将洛浮的意识强压下去的。的确，她这么做对于自己而言实在是很危险，可与此同时，被强压下去的洛浮也并不一定就能够安稳。

　　虽然从某一方面来说，沐辰也不大希望洛浮会搅进唐子谦这件事里，可无论如何，这是洛浮的身体，他想，洛浮有知道全部真相的权利。这一直是他和洛浮之间的分歧，这几天，与其说是给洛浮考虑，不如说是他留给他们两人的时间。

　　他之前一直对她多有留意，从一开始就在着手分析。是以，他总觉得自己对她算是很了解了。但不可否认，不管是最初还是后来，他的分析都着重在利益方面。毕竟，起初他的观察只是为了探寻他所要找的灵根，而后，则是为了离开这个时空。

他不曾考虑过她的感受，也很少去在意她的心情。

说出来大概让人生气，可他一直都是这样的，做事就做事，其他的什么都不管。他看上去机灵，在这一方面却实在木讷，连自己的情绪都注意不到，连自己的感情都读不懂。

从前有友人说过，沐辰就是根木头。感情的事，不论有多明显，除非和他明明白白说出来，或者时间久了、感觉深了，他自己察觉到，除此之外，其他什么明示暗示啊，都是没有用的。

直说还好，但要他自己去发现这么一遭，那么，这必定要经过长时间的积累，积累过后，一朝认清，然后才会是面对。可也正因如此，他自己能够意识到的，一定都不浅。

的确，沐辰的所有感情看起来都突如其来，让人没有一点防备，但其实不然，那都是经过了发酵沉淀，酝酿出的最本真的喜恶。

比如他对洛浮。

在洛浮之前，沐辰没有喜欢过谁。

他不会喜欢人，也不知道该怎么表达、怎么行动，他对什么都胸有成竹，却在这件事上，连自己都嫌弃自己糟糕。

每个人都有自己的立场，在思考问题的时候，也多是站在自己的立场来想。

比如，他因为担心洛浮搅到这件事情里，出现意外，于是一直瞒着她，她怎么问，他都只是糊弄着不说。从他而言，这也许是为她好，可换个角度来看，这实在是荒谬。

没有人可以代替任何人做决定，尤其是在当事人不知道的情况下。也许，他对洛浮，从来就缺了一份坦诚。

而连坦诚都没有，这样的告白，当然会让人不安，也无法让人去相信吧。

她的表现不大明显，可他却难得敏感，看出她不信他。

所以，这几天里，他一直在做着换位思考，想要拿出他所能拿出的最大诚意。几天过后，沐辰终于想通这一点。

然而，他想通了，她却被那个灵魄压制了下去。

沐辰的脸色忽青忽白，边上的女子看见，低了低眼。

她戳了戳他，背过唐子谦，用口型比出一句话。

她说：你去房间等我，我有话和你说。

她略作停顿，又加一句：关于洛浮的。

沐辰顿了顿，颔首，起身，缓步离开。

也许，他们真的是时候谈一谈了。

不论是唐子谦的事情，还是洛浮的事情，他们都有必要好好地谈一谈。

2.

"做个交易吧。"

沐辰转过身，看见那张熟悉的脸。

她开口，直截了当："我们做个交易。"

沐辰想了想："什么？"

她笑笑："你也看出来了，她的意识是我强压着才没出来的，这样的状况，我们俩都不好过。还不如大家一起坐下来好好谈谈，彼此都轻松。"她说，"这具躯壳容不下两个灵魄同时苏醒，我需要你帮我稳住那脉灵根，让我能和她对话。"

"既然是交易，我做了这个，你能做什么？"

"我能保证，在这件事结束之后，离开这具躯壳。到时候，她便完全是她了。"

沐辰一怔。

她现在的状况极其虚弱，灵魄的磨损不比肉体的伤病，它很难养，或许几十上百年才能稍微养好一些。而在这样的情况下，她恐怕也再经不起一次转魂，所以，离开躯壳，对她而言，就是死。

"你真的愿意离开？"

她将鬓发别去耳后："我就算不愿意,但你们现在这么个情况……你能容得下我？"她接着摇摇头,"你们段家的手段,我可是很害怕的。"

沐辰略作思索："在一具身体里,同时苏醒两个魂魄,这样的事情我没做过,却也大概知道其中危险。我怎么知道,你不会趁机对她不利？"

"我当然不会,我已经没有这个本事了。若我有什么动作,现在,你怕是轻易就能制住我。作为段家嫡系后裔,你应该一眼就能判断出我所言的真假。"

的确,她的虚弱不是装的,灵力也因为与洛浮长时间的对抗而有些涣散。可沐辰还是不放心。大抵,在他的眼里,她总是狡猾,有许多的心思,也精通算计。尤其这件事还与洛浮有关,如此便更是让他不得不防。

"你要找她干什么？"沐辰问,"你说的那件交易,又是什么？"

她轻叹。

这个人实在是过分,对着一个抱有必死之心、拿命来做买卖的人,竟然一直用着这样的态度,真让人寒心。不过,也正因如此,洛浮真是让人嫉妒啊。

同是段家的人,所对之人,同样是妖,怎么差别能这么大呢？

眸中闪过几抹感慨，她不愿意再多想，只是轻声开口："你先帮我，让我和她商量，倘若可以，接下来，我让洛浮出来一天，你们可以把话好好说清楚。而我想换的，是接下来的一年零七个月。"

这个世界，只剩下最后一年零七个月。她想陪他最后一段时间。

话都说到了这份上，沐辰竟然还在犹豫。

她几乎都要气笑了。这个人怎么这么婆婆妈妈的？他以为一年半的时间很长吗？竟然这样浪费。

她走近他一步："你分明知道，不是吗？我寄居在她的身体里是想得到这具躯壳，而现在，我的灵魄撑不住了。即便有躯壳，我也要散去。"

说完，她忽然想到什么，又勾了唇："对了，你应该知道，她一直念着一个人吧？她应当同你说过，她做这么多交易，都是为了复活那个人，不是吗？"

满意地看见沐辰变化的表情，她接着开口："可那个人其实不存在的。那是我给她种下的记忆，从始至终，都是一场幻觉。是我需要那些灵魄，是我融了灵魄与她生出神识的关联，改了她的记忆。"

"那个人，从头到尾都不存在。"她说，"这样，你觉得，我的诚意够不够？"

沐辰听得整个人都愣怔了。

那个人根本不存在？

这一切，从头到尾都是她编造的？

"这是我唯一能够补回灵魄并复生的机会，现在我把它告诉你了。"

她逼近他："这样，够吗？"

沐辰略作沉思，不得不说，她这一番话，确实打消了他一部分防备。毕竟，任何拿命来换的东西，都算得上最大的诚意。

"好，我帮你护。"他说，"但你要商量的那些事情，决定权在她。"

"我当然知道，我会说服她。对了，如你所想，灵脉就在那个浮雕里。"她似乎想说什么，最后又顿住了。

欲言又止，她忽然问道："你要把灵根拿走吗？"

"自然。"

她望着他："那如果，你拿走灵根，她也会支撑不住呢？"

沐辰一僵："你说什么？"

她摆摆手："我说，接下来，麻烦你了。"

"你……"

"好了，我也不是故意要吊你胃口，只是这件事我也还不清楚。也许，等到时候，你自然就会知道了。"

沐辰还想再问，她却是铁了心不再开口。无论他怎么打探，仍是一个字都探不出来。

他心底疑惑。

她想说的，究竟是什么?

3.

沐辰不知道那个灵魄要怎么说服洛浮，不过他转念一想，洛浮看上去不讲人情，实际上耳根子却软得很，要说服洛浮，或许本来也不是一件难事。

只是……

他起身，走近她。

那脉灵根可以说是至宝，要控制一件至宝，当然也不是什么容易的事情。因此，他在为她护完一程之后，几乎是在看见洛浮出现的瞬间便昏睡过去。

他的消耗极大，能撑到洛浮醒来，已经很不容易了。

却不知道，他到底睡了多久。

在她身后，他停下来，不出声，也不动作，就这么看着她。

他从未见过这样安静的洛浮，安静到了死寂的地步。

半晌，洛浮转身，忽然就这么抱住了他的腰。

洛浮把头埋在他的肩膀上: "我今天知道了一些事情，我不知道该怎么和你说，但我很难受。安慰我，快点儿。"

沐辰揽住她，一下一下轻轻拍着她的背："乖，不难过了。"他其实不会安慰人，但在面对她的时候，他总能找到不一样的自己。

他的声音很轻，像是哄孩子似的。

"不管发生了什么，不管你知道了什么，我在这儿。以后也会一直在这儿。"

若是放在以往，洛浮一定会很受用。可这时候的她明显不同以往。

她并没有被这句话安慰到。

而且，她还莫名其妙显得有些委屈。

"你……你是真的吗？真的在这儿？"

沐辰没听懂，他不知道她是因为什么变成这副模样，只是顺着她的话："嗯，是真的，我在。"

她又蹭了蹭："我今天知道的事情，不太好。"洛浮说完，又补充一句，"或者说，很糟糕。"

是啊，很糟糕。

这个世界上，怎么会有这么糟糕的事情？

原来她从来没有什么心上人，也没有什么记不起的过去，她甚至都不是花妖，难怪她从来没办法从那些花儿身上感觉到什么同宗同族的亲近。那个灵魄说，她是一条鱼，她的元身被封在花店的浮雕里。

那个灵魄说，将她的元身隔绝在外，是为了方便控制她，但现在那个灵魄很后悔。她的元身在浮雕里，被一样东西养了许多年，时至今日，再也离不开那样东西了。

这些分明都是她的事情，然而，她却什么都不知道。

连她的命，都是别人告诉她的。而那个人，若不是因为这番事故，恐怕直到她死也不会吐出半个字。

真糟糕啊……她一直都只是一个傀儡而已。

收集别人的魂魄，逆天叛道，近千年来的所谓坚持，到了最后，都是假的。

可如果那一切都是假的，那她到底又算什么呢？

一个笑话吗？

她以为，自己一直以来的努力，该是为了自己所爱的人，即便不记得，至少也是一场深刻的过去。今天才发现，她的过去，她的一切，乃至于她的情感……所有的所有都是被人捏造出来的，没有半点儿是真实存在过。

事到如今，何为真、何为假，她再不能辨别清了。她活成这样，变成这样，自己都不知道是为了谁。

　　洛浮把整张脸都埋在他的肩膀上。

　　想知道的、不想知道的、猜想过的、从未做过猜测的，这些那些，种种事端，在一天之内，被人以这样的方式塞进了她的脑子。也不管她会有何反应，也不管她能不能接受。那个灵魄，就这么把话说了出来。

　　说得她蒙了，惊讶过后，便是这样的思绪反复。

　　原本以为自己还算洒脱，很多事情都不在意，现在才发现，那份不在意，只是因为被封住了部分神识，不去想是因为被控制着不能想，不能想自然也就想不到。原来她从来都不是迟钝，原来她什么都不曾经历，原来……

　　"喂，你真的是真的吗？"

　　"嗯，是，我是真的。"

　　洛浮的声音有些闷："那你再抱紧一点，把我再抱紧一点。"

　　沐辰依言收紧了手，两个人的距离变得无比贴近，可她还在说，让他再抱紧一点，声音里是连她自己都没有发现的无助和忧惧。这样几番下来，沐辰几乎担心洛浮喘不过气，刚想问些什么，却不想她忽然又开口了。

　　"你知道吗？我原来没有过去的。"她说，"很难受，我以前从没想过，知道这件事情，会这么难受。"

　　他今天只穿了一件单衣，因此，肩膀上的濡湿，他很快便感觉到。

但他不说话，只是一下一下，更轻地拍着她的背。

"或许有人会觉得，过去的都过去了，反正也改变不了，反正也再回不去，不存在就不存在，没有就没有，有什么好在乎的……"她吸了吸鼻子，"可是，真的好难受。我现在几乎都不知道自己到底是怎么活到现在的，那些过往，没有一件事是真的，从来没有什么是真正属于我的，我原来什么都没有的吗，我……"

"你有。"

他说："你有我，我在这儿，我是真的。"

他一遍遍重复，没有半点儿不耐烦，只是一直用这样笨拙的方式安抚着她。

洛浮一哽。她像是受伤的小兽，带着点点倔强，却最终输给了身上的伤。

"沐辰，我只有你了。我能确定的也只有你了。"

安全感这个东西很玄，除了没有它的人，任何人都感觉不到它的重要性。

不知过了多久，洛浮从他的怀里出来。

"我答应她了，一年零七个月，你会等我吗？"

他为她擦干了脸颊边挂着的眼泪："你恨她吗？"

"恨的，非常恨。也许别人不理解，但这样真的太难受了，虽然现在并不算太差，但一想到我本来不该是这个样子，一想到是她抹去了我原本的模样，我就很恨她。"

"那你还答应她？"

洛浮犹豫了一阵。

"她很可怜。"

顿了顿，她又说："我能感觉到她的情绪，她真的很可怜。而且，她要死了。"

沐辰叹了口气。

他望进她的眼睛，就像望见满载了星辉的夜河，让人忍不住想要沉溺其中。

"我其实想把这些事情告诉你的，我知道，你很在乎，过去瞒你，是我错了，原谅我好不好？"他捧着她的脸，"我不懂怎么喜欢人，可我是真的喜欢你，你要信我。"

"这句话我记住了，你也要记住。等我再醒来，你再说一遍给我听，一个字也不许错。这，我就信你。"

"我要走啦。"她终于露出一点儿笑意，很快又抱怨开来，"本来以为一天可以把话说清说完，但你睡得真是太久了。"

"一天说不完没关系，我们还有接下来的很多很多年。"

沐辰笑得温柔。

"我等你回来，那句话我记住了。到时候，我说给你听，还有，你想听的任何话，我想对你说的那些话，我都说给你听。"

洛浮的泪痕还没干，笑意却盈盈，她拧他一把："肉麻死了。"

"你不想听，我就不说了。"

她皱皱鼻子，别别扭扭道："想听的。"

4.

就像那个灵魄说的，一年零七个月，说起来很长，按照天数来算，有将近六百天。可事实上，一天也就是一个眨眼，从日出到日落，你甚至都能看得见太阳行走的轨迹。

时间总是过得很快的。

这一年里，那个灵魄陪在唐子谦的身边，而他就陪着她一同陪唐子谦。

沐辰旁观了所有。

看着她割裂自己和唐丘的血契，看着她的灵魄日益虚弱，看着她一边照顾唐子谦，一边忍受着血契的反噬。沐辰身为段家后裔，天生便有许多外人眼里不得了的能力。

其中之一，便是能够透过躯壳，看见灵体。

若说，在最初的时候，他所看见的是几近实体的半灵魄，那么，到了现在，他眼里的她便不过是塑料薄膜一样易碎易破的半散魂。

违反血契的代价已经很重，更遑论亲手将它割裂这么一说。

　　至少，在沐辰的印象里，他只见过一个人做出这样的举动，那便是她。

　　便如她所言，她在洛浮的躯壳里已经修养许久，在遇见唐子谦之前，她只差最后两个灵魄，便可依靠灵根重塑自己的躯壳，补全破损的灵魄，让自己复生。可惜，世事从来都是很难料的。比如她，她从未想过，自己会遇见唐子谦。

　　也没有想过，自己会因为他，连续被血契反噬两次。这种程度的反噬，能撑过一次已经是万幸了，命还留着，就像是捡来的。

　　她看着月亮，脸色越发苍白。

　　其实月光为阴，加以吸收转化，对任何灵体都有好处，这也是大多数灵体只在晚上出来的原因。只可惜，就算是有好处，她也吸收不进去了。

　　她的魂体处在将碎未碎的阶段，能够撑着不灭，对于她而言，已经是一件辛苦的事情。

　　半睁着眼睛，她微微笑着，瞥一眼身边的沐辰。

　　"你觉得他恢复得怎么样？"

　　想都不用想，这个他，指的当然是唐子谦。

　　沐辰点头："很好。"

　　她笑得开心，甚至隐隐有些自豪的味道："我也觉得很好，上一次，我不会照顾人，面对他的时候也是各种手忙脚乱。他其实很谨慎，以前就是这样，对什么都面面俱到，那时候，他总是会向我打探他们公司的事情，也经常背着我去和那些人联系。可我怎么能让他知道，他的公司已经毁了呢？这对他的打击太大了。"

　　她说："所以，在那个时候，我多是用灵力消去他的疑惑，让他想不起来自己的担心，现在却聪明多了，他说什么，我都能糊弄过去。而且，他恢复得也比从前快了很多。"

　　沐辰静静看着她。

　　月色偏冷，却不知道是因为今夜较晴还是怎的，月光很亮。而她就像是清晨带着氤氲的湖水，有淡淡水汽从她的身上弥漫开来，被月光染得透亮，实在是很显眼。

　　但那当然不是什么水汽。那是她再存不住的灵力。

　　原来，她已经虚弱到这种地步了。

　　她笑完，又忽然想到什么："喂，我给你讲一个故事吧？"

　　"嗯？"

　　沐辰望她一眼。

　　起初，他总会不自觉地在她身上寻找洛浮的影子。然而，后来他发现，洛浮就是洛浮，而她也只是她，就算两个人用着同一个躯壳，但她们是完全不同的。

她开口，猝不及防咳了几声。

缓了好一会儿，她才说："算了，我还是不说了，我没有力气了。"

如果说，要撑住反噬，不被吞并，已经是一件艰难的事情。那么，在此之外的同时，她还做了别的手脚，这一桩，简直可以说是不可思议。

是啊，这一年里，她除却照顾唐子谦，更重要的，就是她融化自己的灵魄，更改了他的记忆。唐子谦的眼睛是注定看不见的，她没有多费这个心思，却是小心翼翼，将他的记忆抹去了一部分。和她有关的那一部分。

一年前，她做得很慢，沐辰看得出来，她既想除去，又舍不得。可这段时间，她像是预料到了什么，加快了那些动作。

沐辰看在眼里，心中有了些许猜测，却并没有多想。

他从前说洛浮冷漠，现在看来，他也没那么善良。

他会跟着她，看着她，从来都不是被她的动作和选择打动了。他只是在担心他担心的人而已。而他的担心只能放在一个人身上，其余的，他甚至都没有过多注意。

所以，即便他想，也许她是猜到自己撑不到离开的时候，才会加快速度，却也没有过多的感慨和唏嘘，反而隐隐有些期待。

她的离开，就意味着洛浮要回来。

"现在是六月。"她往窗外看去，喃喃自语，"今天是最后一次。到了明天，他就不记得我了，可距离这个时空里的事情结束，还有八天。"

她说："我浪费了八天。"

那个声音很低，像是感叹，带着遗憾。

"不算浪费。"沐辰真是很不会安慰人，尤其是在他不加注意的时候，更是耿直得让人气死，"你或许撑不到八天了。"

她愣了愣："你说得对。"继而回头，"你很想她？"

"嗯。"沐辰觉得没什么好不承认的，"很想很想。"

她略作沉思。

"其实，我一直有一个问题想问你。"

"你问。"

她说话说得越来越慢："你是除妖人，不管按照什么来说，你都不该爱上一个妖的。这是个错，你认不认？"

沐辰点头："是错。"

她又问："那脉灵根是你家传至宝，你家祖祖辈辈，世世代代找了那么久，你是一定要将它带走的，对不对？"

沐辰再次点头："自然。"

"我和段家不熟，却不妨碍我了解它。你们家里，家规很严的……"

"可我们家这一代也只剩下我一个人了。"他说，"除妖人的生意是很不好做的，不比收集灵魄容易。"

"哦？"她挑眉。

"我知道你想说什么，其实，早在她离开的那天晚上，她就将事情告诉我了。灵脉，她的元身，你当时没有告诉我的东西。"

"是吗？那你是怎么想的？"

他是怎么想的？

沐辰勾唇，眸中的笑意盛得都要溢出来。

顺着这句话，他回到那一夜。

洛浮睡去之前的那一夜。

那一夜，她告诉了他许多事情，那夜之后，他自己又想了许多事情。

5.

沐辰从来没有表面上这么洒脱。

作为除妖人的后裔，且是嫡系后裔，他肩负着整个家族的重担。他不止要继承，还需要继续将它传承下去，哪一点做得不好，都是对不起祖辈的努力。是以，他即便并不喜欢，却也不得不上进。

他自小便被灌输了许多思想。

那些思想不说毫无道理，却也的确老旧了一些，如果是现代社会的孩子，他们听了，或许还会觉得好笑。至少，他偶尔也会这么认为。可他再怎么认为都不能说，不止不能，还要劝服自己发自内心地去记去信。

为了这些，他被磨灭了所有的爱好。他也曾经做过反抗，不是真的叛逆，不是想要违背祖先遗训，也不是不尊重，可他希望能够保存住一部分自己的空间。他也是个人。

但不行啊。

他生来就是为了传承段家本事，生来就有自己的任务和职责，生来就住在一堆条条框框里，循规蹈矩，按照父亲和爷爷的期望活着，被这样那样教导着。

许多人都说他迟钝，说他不会处理感情，却又对事对人太过精明理性……这样的人，其实有些可怕。你根本不知道他什么时候是真，什么时候是假的。

沐辰在第一次听见这个评价的时候，其实愣了愣。他不否认，毕竟他自己也是这么觉得的。这样的孩子，真的很无趣。

可那不是他愿意的，生在这样的家族，他根本没得选择。

他只能对自己说，有人天生就该做事，有人天生就能偷闲，也许他天生就应该是要做这个的。这么日复一日对自己说着，久了，好像也就信了，就能接受了。

于是，这些年，他当真便再没生出过别的心思。

　　只是本本分分做着他的除妖人。
　　即便这并不是他所喜欢的。

　　而他真正喜欢的，是什么呢？
　　七岁时的足球，十三岁时的摩托车，还有，今年二十三岁，他所遇见的洛浮。
　　前两个，都被父亲和爷爷以玩物丧志的名义给禁了，他反抗不过，也就放弃了。可洛浮不一样，他不能放弃。
　　不是不曾挣扎过的，可挣扎再多、理由再多，也还是比不过一个她。
　　在确定自己的心意之后，他开始考虑那一脉灵根。
　　其实，从他的立场来看，灵根即便再怎么重要，那也丢了这么多年了，曾经没有寻见，的确着急，现在寻见了，他又在上面下了契，锁定住了它的所在，不会再找不见。既然如此，再给她用用也不妨事。
　　那一夜，他一时口快，这么和她说道。而她满脸惊讶，问他不会是个傻子吧，问他，万一等到时候她后悔了，不想同他在一起了，不还给他了呢？
　　要知道，就算他联系着灵根的气息，可它和她的元身几乎是半融合在了一起，只要她不放手，他也未必能那么顺利将它取回去。
　　而他摇摇头："你要是真如自己表现的那么精明也就好了。"
　　洛浮笑着掐了他一把："你再说一遍？"

他浑身一僵，很快又握住她的手："我说，我相信你。"

"哼。"

她轻哼一声，倚进他的怀里。

然后，她声音轻轻："人类的寿命实在太短太短，就像你现在的小半辈子，也不过是我活过的年头里的一段而已。况且我现在灵魄凝实，等她消散之后，我又得到灵根，那我就更凝实了。"她皱了眉头，"我会活很久的。"

"嗯。"他摸了摸她的头。

"我的生命那么长，也许，你根本取不回灵根。"她抬头，本来只是随意的一个动作，却正好对上了他低下的眼睛。

当时的沐辰分明没有在笑，那双眼却带着暖融笑意，里边溺着无尽的缱绻，像是在用这一生最温柔的目光，看着自己最爱的人。洛浮一愣，忽然浮现出一个想法。

她想，如果这个世界上，真有人会因为一眼而认定一个人，那一眼，她所看见的一定是这样的眼神。这么暖，这么难得，已经足够让人一眼认定、一眼爱上。

"这样吧！等你老死，我若腻了，便继续活下去，我若还在爱你，便陪你一起死。你觉得怎么样？"她笑吟吟地问他。

虽然是在问他，可沐辰或许不会知道，在她说出这句话的时候，就已经做了决定。她的一生虽然漫长，可值得回忆的事情却实在太少，那些过去都假得可以，没有半点儿真实，也没有半点儿让她一想起来就想微笑的东西。

她活了这么久，唯一的眷恋，就是一个他。

做了这么久交易，她很累的，喜欢一个人也很累。她想，现在他在她的身边，她愿意继续活下去，如果他不离开，或许她再活个几百年也不会厌。可如果他不在了，那这个世界，便真的是很没有意思。

所以，如果他走了，她就去陪他。说不上什么殉情之类，她觉得，不论何时何地，他们俩能在一起，就是最大的好事。

前提是……

"你不准变心，不然，我就打死你。"

他愣了愣，笑着叹出一声："好。如果我变心，你就打死我。"

为了美人丢弃江山的君王算不得一个好君王，为了江山抛弃美人的丈夫也不是好丈夫，既然左右无法两全，既然终究要负其中一方，那么，这次，他选择从心。也许是生错了时代，沐辰接触的东西与祖辈都不一样，他没有那么多那么深的坚持，从不信什么人妖不两立。

在灵脉与洛浮之间，他选洛浮。

不是没有信义，也不是真的选得这么轻松。他也愧疚，也觉得这样的选择真是对不起祖先，在没有多想的时候，他这么选了。

之后，在这一年里，他纠结也犹豫，可他还是想这么选。

在听完他的想法之后，月光下的她怔了许久。良久，低了头，陷入沉思。

沐辰在她的身边站了一阵，看着她的灵力因为情绪的波动而涣散得更快了些。

晴夜的星月都很亮，尤其是在没有其他光源的地方，直直洒下来，映在她的面上，更是将她照得几乎透明起来。

然后，他听见她呢喃一句。

"都是段家的人，怎么……怎么就这么不一样呢？倘若……"

倘若，当初的他，也能这么想，只是这么想想……他不必如沐辰一般，做这样的选择，她只希望他能够这么稍微想一想……

如果可以，那她该有多满足啊。

可惜，他下手下得那样干脆果决，不带一分犹豫，叫她连个准备都没有。

真是叫人难过啊，这么多年以来，每每想到这个，她就难过得不得了。甚至，她想骗骗自己都不行。

不过没关系了。

她抬头，面容被月光衬得温柔。

都没有关系了。

　　沐辰之前说她撑不过这八天，那句话其实还太客气，事实上，依她现今模样，怕是都见不到第二天的太阳。不管是哪一种生命，在死亡之前，都是有所预示的。

　　便如现在，她想，她怕是要死了。

　　没有轮回，也不会留下灵魄，灰飞烟灭的那种死。

　　也许，她该去见唐子谦最后一面。

　　即便，他已经不记得她了。

【第十一章】

YUJIANTADE
NAJIAN
HUADIAN

我好像忘记了一件重要的事，
还有，一个重要的人

1.

洛浮醒来的时候，发现自己是倒在唐子谦床前的。

当时是上午九点左右，她像是在床头的椅子上坐了一夜，腰酸腿疼，手臂还麻，尤其是醒来的第一眼看见了那张熟睡中的脸……

真是差点儿吓死她了。

于是，她在第一时间跑了出来。

然后，她看见站在门口的沐辰。

她不知道她站了多久，可她能看见他眼睛里的血丝和眼圈下边的青色。

时隔一年半，他们终于再见了。虽然这么说也有点儿不对，因为他每天都能看见她，而她只是睡了一觉而已。

洛浮一直知道他挺高的，却没注意到，原来他这么高。

竟然比她高了一个头还不止。

眉头微挑，她猛地在他肩上一拍，差点儿没把他拍到地上。大概是心里的情绪没地方发泄，洛浮后知后觉，想起她方才用的力气……大概真是大了一点。

她有些尴尬地挠挠脸，这么想着，也就这么问出来。

"我刚才用的力气很大吗？"

"不大。"沐辰踢踢腿，"我腿麻。"

她眨眨眼："你一晚上没睡？"

"嗯。"沐辰点头，是她熟悉的纯良模样。

"为什么不睡？"她做了个猜测，"等我？"

"嗯。"

回应完后，他忽然弯腰抱住她。

"我知道你今天会回来，我希望能在你回来的第一时间看见你，也希望，你看见的第一个人是我。"

都说沐辰不解风情，可现在看来，洛浮比起他，也是不遑多让。

洛浮沉思一阵："可我第一个看见的是唐子谦啊。"

说完之后，她明显地感觉到抱着自己的人浑身一僵。

而她纠结着想要安慰他。

"没关系没关系，就算我第一个看见的是他，可我心底是你呀。"

沐辰："……"

"怎么，还不开心？"洛浮将他推了一推，心思随着眼珠一转，忽然捧住他的脸，"好吧，语言这种东西从来都没有行动来得干脆，那么我让你开心开心。"

话音落下，她径直吻了上去。

本来只是一个简单的触碰，却不料，在贴上那温软唇瓣的时候，几乎是一瞬间，她便被扣住了后脑，再动不得。像是被泼了开水，周遭的空气一下升了温，她一滞，顷刻失去了主动权。

"你……"

洛浮想说些什么，却被眼前的人抓住机会，在下唇上轻轻咬了一下。洛浮睁大了眼睛，却只看见他放大微微颤动着的睫毛，他的动作看似强硬，实际上却带着说不出的温柔。那样的小心翼翼，像是在对待一件失而复得的宝物。

没有言语能够描述得出他的思念，于是，他将自己的思念寄托在这个吻上，希望她能读出来。而她读懂了。

缓缓闭上眼睛，她环上他的腰身。

一年不见，这个人怎么瘦了这么多？她微微笑笑，有些小得意地猜测，别是想她想的吧？

嗯，如果真是这样的话……

"你等等。"因为长时间的亲吻，她的眼睛漫上几分水汽，嘴唇也有些红肿起来，"我摸到你瘦了，哪，你是不是因为想我？"

沐辰深深看着她，用她不需多去解读就能够轻易看懂的炙热眼神。

"是。"

他说："我很想你，很想你，很想你……"

她的笑意越来越深，却强忍着想要严肃起来："骗人……你每天都能看见我，这么久以来，一天都不落，你能有多想我？"

"的确是每天都看着，一样的脸，一样的小动作，笑起来的弧度和弯着的眼睛……可我每天看着的那个人都不是你。"他委屈极了，"我很想你。"

她的眸光闪动，满是光华。

"我想你三个字，再说一次。"

他照着她的要求，小小地改了一个字。

沐辰凑近洛浮，鼻尖贴着鼻尖。

"我爱你。"

这样温情的时刻，这样亲昵的动作，还有，这样的声音、表情……实在是很犯规啊。洛浮捂了捂跳得越来越快的心脏。

"我，那我勉强也说一句，和你一样好了。"

"嗯。"

阳光从窗外洒进来，越过枝叶，照在走廊上，细细碎碎。当风吹过的时候，光斑也随着摇晃。这是他们记忆之中，极其美好的一幕。

说来奇怪，在分开之前，她还不能够确定自己和他的心意，也以为，就算时间一天天过去，但这么点儿的时间能改变些什么呢？却想不到，她竟是在再次见到他的第一面，就放下了之前心底的不安。

洛浮望着他，浅笑盈盈。

很奇怪，但是，她想，有他在，她或许不必再不安了。

是他们的重逢，也是这一天，他们真正做到了心意相通。

2.

沐辰按照那个灵魄的要求，在唐子谦醒来之前，把唐子谦送去了一个地方，然后打给了她留下的号码，联系那个人，叫他来接唐子谦。沐辰不知道那是什么地方，也不知道电话那头是什么人，但他想，唐子谦必定是安全的。

她不会做伤害唐子谦的事情，因为，那样的事情，她根本做不出来。

接下来，就是乏味的一个星期。

没有任何事情可做，仅仅是洛浮和沐辰相对着数日子。

比如，距离回到现世还有几天，换算成小时是多少小时，换算成分钟又是多少分钟。那些对话无用又幼稚，有内容的挑不出几句。

简而言之，都是废话。

他们却乐此不疲，在清醒的每一分钟都在念着。

好像要将过去一年没说出来的话全部补完，不然就吃亏了一样。

也许这就是相爱的人吧——

真好啊，让人满足，哪怕只是聊个天，都像是过了多重要的纪念日一样满足。

很快，到了最后一天。

便如那个灵魄所言，在花店的门前出现了一个光洞，沐辰牵着洛浮，站在光洞前边。

"终于可以回去了。"

"嗯。"洛浮点点头，"其实，现在看来，回不回去都差不多，反正我们回去了也是这样过。"

沐辰笑笑，为她理理有些乱了的头发："的确差不多。"

洛浮笑望他："走吧。"

他们毫无迟疑地抬步迈进光洞，随后，这个时空的一切便如被推倒的沙盘，在他们的身后慢慢破碎崩塌。

3.

再次睁眼，洛浮看见的是熟悉的场景。

她的花店。

身边坐着的，是熟悉的人。

嗯……

现在要说，那大概算是她的爱人。

而唐子谦也在下一刻慢慢睁开眼睛，他的目光依旧空洞，任何东西都可以映在那双眼里，可他任何东西都还是看不分明。

按照交易，事情完成，洛浮应该要取他的魂魄了。

可她想了想，压低了声音："你走吧。"

唐子谦一愣："什么？"

"这次我的操作出现了差漏，不收你东西，你走吧。"她这么说。

现在的洛浮同原来不一样，她已经知道了一切，自然也就知道什么收集灵魄，什么为了复活曾经的爱人，其实都是假的。现在的她，根本就不需要那些东西了。

或者，即便需要，她也下不去这个手抽取唐子谦的灵魄。

而他微微失神。

"怎么，叫你走你还不走，你就这么不想要这条命吗？"

洛浮望着他，有些奇怪。

却没想到，他再度开口："我记得，我回到了四年前，可我想知道，为什么在这期间发生的事情，我还是不记得。"

洛浮一愣："你说什么？"

他摇摇头："没什么。"

然而，也就是这个时候，他好像听见一个声音。似真似假，虚虚实实，像是真的听见，又像只是响在了他的脑子里。

那个声音叫他不要再找。可他到底在找什么呢？他连自己在找什么都不知道，又该怎么谈这个"不要再找"？

他摇摇头，若有所感一般朝着一个方向望去。虽然他的眼前依然是漆黑一片，什么都看不见，可直觉告诉他，或许那个方向上有他的答案。

"那里是什么？"

洛浮顺着他的方向望去，却什么都没有看见。

也不能说什么都没有，那个地方，原本应该有一个光洞，连接着两个时空的入口。只是，在他们落地的那一刻，它便消失了。

"什么也不是。"于是她这么回答。

唐子谦微愣。

又过了一会儿，他问："你真的不要我的灵魄？"

洛浮摆摆手："不用不用，你走吧。"却又在他起身离开的时候唤停了他，"等等！"

唐子谦回头，一派的波澜不惊。

"什么？"

"虽然不要你的灵魄，但至少我是做了事的。"她说，"所以，作为报酬，你回答我一个问题。"她直直盯着他，"怎么样？"

他点头："好。"

这样的唐子谦，和洛浮记忆里的那个唐子谦差别很大，大得几乎不像同一个人。她记忆里的那个唐子谦温柔又绅士，不论笑或不笑，总是胸有成竹的样子，很体贴，也很让人窝心。可现在在她眼前的，只是一个普普通通的男人，身上带着孤寂和死气。

是因为她吗？

"我想知道，你为什么想回到过去。"

这是洛浮代替她问的，虽然，她可能再听不到了。

唐子谦沉吟半晌。

"我好像忘记了一件重要的事，还有，一个重要的人。"

是因为这样？能够走到这个地方，用自己的灵魄与她交换，他的执念，只是这个？

洛浮忍不住追问："比命还重？"

　　"嗯。"他答得肯定，"虽然我不知道那是什么，但是……"

　　唐子谦顿了顿，也不知道是感觉到还是想到了一些什么，那双原本空洞不能视物的眼睛里，好像又重新生出点点光彩。

　　他说得笃定："比命还重。"

【尾声】

YUJIANTADE
NAJIAN
HUADIAN

　　按照现世的时间来算，从沐辰来到花店，到他陪着她走出花店，日历上不过就过去了一天。在掏出手机看见时间的时候，沐辰几乎觉得那两年只是一个梦。

　　一个有她的梦。

　　梦里，他们分开了很久。

　　却好在梦醒以后，她回来了。

　　"你觉得我们认识得久吗？"沐辰顺手揽过凑近他手机看日历的洛浮。

　　"这要我怎么说呢？按道理好像不久。不过，就算是拿你的一辈子那样长的时间，对我而言，也不算久。"洛浮认真想着。

　　她说到这儿，忽然就兴奋起来："我们认识这么久，好像还没有一起出门过？就是没有目的，纯属瞎逛，只为了玩儿的那种出门！"

沐辰摸她头的手一顿。

如果她不说，他还真没有发现。

他们的确没有。

正是因为这份没有，他们站在了夜市里。

沐辰不是一个很爱出门的人，而洛浮，她从前因为所需要做的事情太过劳心伤神，再加上身体里还住着另一个灵魄，总是容易疲惫，所以也根本不愿意出门。可以说，出来逛街这种对于寻常女孩子来说极度普通的事情，于洛浮而言，是真的很难得了。

尤其，身边站着的还是喜欢的人。也许以前的什么都是假的，什么都经不起推敲，可这一刻真实无比，是实实在在，能够握得住的幸福。

她想，和喜欢的人一起把"没有"变成"有"，原来是这样的感觉。

如果一直都没有经历过，或许并不会觉得过去有太多缺漏。可一旦拥有，洛浮发现，从前的自己实在是白活了。

不过却有一点，她虽然遗憾，却也在之后觉得欣慰。

还好，那个她记忆中模糊的爱人是被编造的。

她忽然笑出来。

沐辰忍不住揉了揉她的头："在笑什么？"

"你管我。"洛浮歪着头斜眼看他。

沐辰顿了顿，理所当然似的："我不管你谁管你？"

洛浮冲他吐吐舌头。

而沐辰笑着摇摇头。

看上去有些无奈，又实在是宠得厉害。

这里的夜市很热闹，来来往往，大多都是学生，基本上都是为了吃东西才来的。然而，在经过洛浮和沐辰身边的时候，几个小女生大概是看见这样的一幕，都小小声抱怨了起来。

洛浮的五感灵敏，将她们的抱怨听得一清二楚。

话说得多，但基本上都是一个意思。

比如什么，不过出来吃个东西，居然也要看见这么一幕，真是虐狗啊。

然而……洛浮还真是不知道"虐狗"这个词的意思。也不能怪她，毕竟她熟悉的时代，到底不是现代。

耸耸肩，不再去想其他。

她挽上他的手就这么朝着前方走去。

看上什么，只需要眨眨眼，身边的人就会把它们递到她的手边。

没过多久，她就抱了个满怀。

——我是不是买太多了？

——不多，还可以再买一些，拿不下的话我帮你。

——可你好像什么都没有？

——我有你啊。

是啊，我有你。这就够了。

也许曾经不完美，也许日后不确定，也许总有意外突如其来……但这一刻、下一刻，今天、明天，我身边的人是你，这样就好。

只要是你，不论是哪里，我都可以走下去。而如果真的有那一天，你不在我身边了，那我就去找你。虽然我说话很少算话，但这一句，我绝不会忘。

灯火里，两人渐行渐远，一步一步走下去，走向更加明亮的地方。

——正文完——

【番外一：难归】

YUJIANTADE
NAJIAN
HUADIAN

1.

——你就是唐子谦？长得还挺好看，报纸上怎么把你拍得老老的？对了，你看过那份报纸吗？

如果他是唐子谦，那么这是他们初遇时候，她对他说的第一句话。

——我的记性不大好，但是……我们是不是见过？

可如果他真的只是唐子谦，那他怎么会这样问她？在此之前，他们分明是没有见过的。

在消失之迹，她迷迷糊糊地想着。

灵魄有转世，记忆却没有。连带着记忆里存在过的感情、感觉，什么都没有。轮回之后，曾经发生过的事情，不论是爱是恨，即便他们拥有同一个灵魄，也都不能算了。

既然不能算，那么，把对一个人的感情，投射到另一个人的身上，还因为这个散了自己的灵魄，便实在是很蠢的一件事情。

她微微勾了一下嘴角。

算了，蠢就蠢吧，反正也不是第一次了。

远处天光渐浓，星子越来越暗，想来，很快就要被那比它们更亮的光吞没进去。她记得，他好像很喜欢看日出，那是在她还是一棵树的时候。

他大概不知道，曾有一个她存在，陪他那么久。

那时候，他总是很早就起来等着，最初她暗自笑他，后来她悄悄陪他，久了，也就成了习惯。习惯早起，习惯和他一起。

只可惜，这大概是她最后一次看到了。

而他既然成了唐子谦，怕是早已经不喜欢。

恍惚间，她身子一轻，魂魄飘离身躯，朝着光源处飞去。随着那光线越来越强，她的眼睛也越来越疼，疼到睁不开。

——青莱。

却不想，就在她把眼睛闭上的那一瞬间，模模糊糊地听见有人在唤她。

她勉强睁开眼睛，望向声音来处："是你吗？"

——青莱。

那人并不回答，只是又唤她一遍，那个声音她很熟悉，只是很久没听到了。

是他。

她笑笑，转身朝着声音来处飘去。那种感觉，好像，只要他唤她一声，那么，不论他站在哪里，是何目的，不管那个地方她该不该去，她都会毫不迟疑、义无反顾。

便如现在，便如当年。

2.

她叫青莱，是一棵花树。

或者，更准确些来说，她是修行许久、早有灵识、不需多久就能化为人形的花树妖。

对着满天星子，她扳着指头在算。只要再开一次花，她就能化形了。也不知道她会化成什么样子，会不会有隔壁家那株青杏那么好看。

不过……

再一次开花，到底是什么时候呢？

和寻常应季荣枯的花树不一样，她因有修为，所以即便仍在四季之中，但受到的影响却不那么大。真要说起来，她要开花，或许便如青杏所说，要看的只是机缘罢了。

可机缘这种东西，说着玄，想着更玄，只能算一个盼头，推不出什么时间。

青莱叹了一声。

叶子抖动几下，又抖几下。

好像，只要这么抖着，就能抖出花骨朵儿似的。

"奇怪，也没起风，怎的这枝叶在颤呢？"

青莱的动作一顿，朝下望去。

那是一个少年，身着蓝白衣衫，袖口处交缠着几重水波纹宽系带，腰封上有一个小小的暗金色图案，像是个什么标志。青莱将这些看得清楚，却看不见少年的脸。

他低头翻着包裹，也不知道在找什么，好一会儿才停下。

少年笑笑："你长在山间，离那边的小溪有些远。"他边说，边拧开自己的水囊，"没有水，长得瘦小些也是正常的……只是，人家都开花了，你还没开……"

青莱看着他给自己浇水，心情莫名有些复杂。这人声音清润，听着倒是顺耳，然而……他一个人对着一棵树都能说上这么久，该别是个傻子吧？

青莱刚想到这儿，便见他抬头笑笑。

"你们长在半山腰的树，都这么不容易的吗？"笑完，他转了几次头，又顿了顿，"好像只有你这么不容易。"

这个动作有些傻，他说出的话也有些傻，可青莱却禁不住想笑。

树下的少年大抵是因为年纪小，尚未长开的脸上还有些圆润，清清秀秀眉眼弯弯，即便是傻，也傻得挺可爱的。

正巧这个时候，他倒完了水囊里最后的水，将它装进包里便打算走。

却在走出几步之后，又回了头。

"有缘再会！"

他说。

而她在心里回他一句。

嗯，有缘再会。

却是没有想到，一个缘字，会生出那样多的牵扯。

如同枝上的藤蔓，一缠一缠，重重而来。初生还好，久了，越来越紧，便会将它所依附之物缠至窒息。

而那棵被缠上的树，多是躲不掉的。

3.

有了灵识却无法动作，生于山间也没个同伴，每个妖在化形之前都会经历这个阶段，这段时间是很寂寞的。但青莱从来缺根筋，感觉不到这些。

每日每夜，也就是看看日出，等等日落，仅此而已。

只是，最近的日子里，也不知是无聊太过还是怎的，她开始想那个少年。

这一想，便从初春，想到了夏末。

眼看就要到秋天了，一个夏季过去，却没怎么下雨，难得的干旱。青莱受不住地眯眯眼，将目光从旁边枯死的树上收回来。

再怎么有了灵识，也终究还是草木，这样的旱期，即便是她也有些受不了，更别提她那些未开灵识的同类们。青莱觉得自己有点儿晕。

脚下的土地被烤得发裂，她想，再这样下去，她恐怕等不到那机缘就要干死了。

而若是在这儿干死，恐怕她真要成为笑话。

正想着，青莱便看见一个身影自远而近。蓝白衣衫，面容清秀，却因为费力而撸起了袖子，汗涔涔地往这边走着。

少年停在树下，把水桶一放，抹一把汗便开始浇水。

涓涓流水渗入地里，那湿润的感觉浇得青莱久违的一阵清爽，头也不晕了，眼睛也不黑了，好像整棵树都活过来了一般。花树与人不一样，几年几十年才长一点点，可她望着那少年，发现，分明不过才几个月，他竟然已经长开一些了。

原本圆润的脸颊消瘦了些，现出几分轮廓，倒是那份清秀并未因此减弱，只是更俊了几分。她不清楚少年在人类里算好看还是不好，可在她眼里，这个人真是怎么看怎么顺眼。

或许，是因为那桶水？

青莱不去多想，只静静盯着少年。恰时，他开口，正值变声期的他，说话有些低沉，尾音酥软，强自沉稳的语调里带了几分稚气。

"你是我看过的第一棵李花树，你要好好活着。"

如果青莱有眼睛，这时候，她一定已经翻了个白眼送他了。

这人可能真是个小傻子，毕竟，她是一株梨花树。

这日，少年絮絮叨叨许久才走，青莱边听边发呆，但大多数时候是不耐烦的。

记得初见时，她觉得，这小鬼对着棵树都能这样念叨，可能是傻的。但现在她知道了，这小鬼不傻，只是话痨而已。

嗯……

程度严重的话痨。

青莱听着听着就睡过去了，等她醒来，少年已经走了，也不知道是什么时候离开的。望着星月交错的夜空，她有些哑然。

"我是觉得你话多，可也没有嫌你啊。"

．

　　她心说："你明明可以再多讲一些，声音再大一些，尤其是临走
道别的时候，这样，我也不至于连目送你都来不及。"

　　她想，这是他的错。

　　一定是。

　　毕竟她干涸虚弱这么久，难得遇见了水，吸收一阵，会撑不住睡
着也是理所应当的事情。她并不需要为此觉得抱歉的。

　　思绪反复，青莱最终在心底这么认定了。

　　"既然是你的错，作为补偿，你一定还会过来的吧？"

　　繁星璀璨，星幕下边，有一株梨花树，于无风的山间枝叶轻颤。

　　好像心情很好的样子。

　　4.

　　少年的确在那之后又来过几次。

　　每次都是提着一桶满满的水，每次都是一样对着树念许多话。只
是，青莱再没有睡着过，并且，每一次都比前一次听得更加认真。

　　慢慢地，她知道了许多关于这个少年的信息。

　　比如他的名字，比如他的来处，而那些生活琐事，更是大大小小
不胜枚举。

　　青莱望着树下睡着的余子安，微微笑了。

　　也许做一株花树也很好，至少能给他挡挡太阳，天气烦闷，她还

能为他制造阴凉和微风。这个样子，也挺能耐的不是？

余子安睡得很熟，而青莱就这么看着他。

从天亮看到天黑，再看到他睡醒时揉揉眼睛，瞄一眼天色，满脸惊慌地喊着"晚了晚了，回家要被罚了"地跑走。

青莱看着他的背影，一棵树在后边笑得乱颤。

可惜，这样的日子只持续了一阵。

从这个时候开始，少年不再来了。

一年，两年，青莱数着日子，一直数到了第三年。自上次一别，她再没有看见过他。从最初的疑惑，到中途的担心，再到后来的心慌，恨不得下一秒就能化成人形去寻他。

她盼了许久的机缘，就是这个时候到的。

这是一个新春。

当夜，青莱在一阵突如其来的剧痛之后，枝丫上开满了花。

却也就是在她化形的前一刻，浅碧色身影随风一转现于树下。是从前住在她隔壁的青杏。

"你现在不能化形。"

青杏传音给她。

青莱一愣。

草木一类，能够生出灵识的极少，青杏是她认识的唯一一个同类灵体，也正是因此，她们的交情从来不错。

可青杏为什么要打断她的化行？

感觉到青莱的疑问，青杏满脸的痛心。

"你说说你这修习怎么修的？什么也不知道……在机缘到来之前，会有三重考验，只有经过这三重，才能得到真正的机缘。"

青莱听得懵懵懂懂："什么意思？"

"我不知道你是遇见了什么，可那不是你的机缘，那是你的障。"青杏仰着头，难得严肃，"等你窥破了，便会得到真正机缘的。"

"那人呢？"

青杏不解："什么人？"

"我要找的人。"

青杏几乎被气笑了："没见过你这么冥顽不灵的，那不是你该找的人，你若真去了，那就是你的劫。劫是什么，你知道吗？"

却不料从来软弱的青莱沉默以对，半晌，凝聚灵力化为实体。

仿若天上星子被细细剪碎，微微星芒洒在树间，由疏而密，最后化成个女子。

月光下的女子面容皎洁，恍若凝聚了三春花色，眼里氤氲着星辰。

她说："那我不要窥破了，我得去找他。"

事已至此，她既已化了形，说什么也没用了。青杏欲言又止，好半天才摆摆手。

"算了算了，随便你，就当我白操心了，我的操心都被狗吃了。"青莱小心翼翼地戳戳她。

"对不起，我知你是为我好，可……"

"你也知道？"

"我知道，可是我还是想去找他，不论会发生什么，不论有什么结果。"

大抵是青莱的表情太过认真，认真到连青杏都不觉看呆了。

良久，她摇头笑笑。

"你啊，什么都不知道。"青杏轻叹，"你连这个世道都不了解。"

青莱略作沉吟："你说得对。"可即便如此承认，她也还是兀自坚持着，"但我得去。"

"为什么？"

她想了想，也不知道是想到什么，忽地笑了。

"滴水之恩，当涌泉相报。这么算算，我得去给他寻一口泉。"

青杏像是被噎住似的，好一会儿才回过神。

"罢罢罢，每个人都有每个人的造化，兴许，这本来就是你应该经历的。躲不掉，只有迎。"

是啊，总有些事情是躲不掉的。

比如命运，比如命中注定该她经历的那些意外。

5.

余家是青城大户。

作为余家唯一的小少爷，余子安并不难找。

可那是在余家被灭门之前。

"什么灭门，你说什么？这是怎么回事？"

"你不知道？"茶肆里的小二满脸惊讶，"姑娘不是青城人吧？这件事三年前闹得那样大，即便是如今也无人不晓，若姑娘在这儿，便不该不晓得。"

"我的确不是，你长话短说。"

于是，青莱从小二哥那儿知道了事情经过。

青城从来太平，虽然这儿不大，却也算是富足，这么多年，只出过一场意外，那便是三年前的时候。三年前，这儿出了妖孽。不是什么夸张和比喻，是真的妖孽。

而余家，便是被那妖孽盯上的地方。

传言，余家能发家至此，是因为他们祖宅所在之处是一块风水宝地，灵气颇盛，于人顺财，而于灵体，则是能利于他们的修行。是以，那妖孽一出，立刻便盯上了那块地方。

听说那夜月黑风高，隐有黑云低压，遮蔽星月，子时狂风大作，却是半滴雨也没下下来。当时有年岁的老人便沉了脸色，说其事妖异，务必警惕当心。

余家被灭门的惨案，也就发生在那样一个夜里。

"灭门？你是说……那个余家，一个人都没留下来？"

小二哥还没搭话，倒是边上一个听得津津有味的汉子凑了过来："若是一个也没留下，那也太惨了不是？说的就是天无绝人之路啊！那余家小少爷当夜也不知道是去了哪儿，再回宅子的时候，那儿因为动静太大，已经惊动了过路的除妖人，他也因此躲过一劫。"

"不过那小少爷也是可怜，十五六岁的年纪，平素被保护得极好，不似寻常少爷骄奢，倒是挺好说话……唉，那些妖物虽然被收复，却也因此让他家破人亡，可怜啊。"

青莱连忙追问："那他现在在哪儿？"

"听说是拜入段家了吧？不清楚，反正早离开青城了。"

青莱又问："段家是什么？"

那小二和汉子一同稀奇道："段家？"

汉子轻嗤，倒是小二回过神来答她："姑娘竟是连段家也不知？

那可是赫赫有名的除妖世家，哪怕外门弟子，也没一个没本事的。莫说寻常妖物，便是大妖也近不得半分！"

青莱脸上忽然褪了血色："除、除妖人……"

"对啊，姑娘这是怎了？"

青莱不再答话，只是怔怔向外走去。

余子安，竟成了除妖人，还不知去处……

那么，她还要去找他吗？

6.

有时候，选择只是两个字，即便真有两个选项摆在你的眼前，但另一个你多是碰不到的。看得见也没得选。

便如青莱。

或许，在她化身为人形的那一刻起，命运的齿轮便已经开始徐徐启动。自此，她便只能一路向前，被齿轮推着走，再也无法回头。

她如今不知自己当去哪里，不知道自己想做什么，只是一个人慢慢地走，朝着一个未知的方向，等待着未来未知的事情。

走着走着，她岔到了一条小路，和寻常人不同，作为一只妖，她并不怕黑，也不怕什么歹人。左右没有哪个歹人是斗得过她的，即便对方手上有刀枪棍棒。

所以，在面对持刀之人的时候，她很淡定，哪怕看见他们刀棍上沾着未干的血，也还是连个表情都没给对方，径直就往他们身边走过。

"站住！"

青莱本不欲理会，却在被拦路的时候心不在焉抬了头："嗯？"

抬头的时候，她没看清对方的表情，倒是一眼看见他们马背上驮着的人。那人和她印象中的模样相去甚远，他的轮廓分明，紧抿着的嘴唇苍白，几乎成了一条直线，身上的蓝白衣衫早已换成黑红劲装。大抵因为颜色不分明，如果不仔细看，便会觉得那衣服只是被什么濡湿了，看不出是血。

可即便有差距，她还是能够看得出来，这是他。

余子安。

她的目光像是被钉在了他的身上。

那些人里为首的一个见状，态度嚣张起来，手里的棍子挑上青莱的下巴。

"哟，怎么，和这具尸体认识？"

"尸体？"

她似是不可置信，越过他就要往那儿走。

"哎哎哎，要过去看他可以，但总得留下点儿钱，大爷们这一路上也怪辛苦的不是？"那人眯着眼睛，"或者，丫头长得这么水灵，就算没有钱……啊！"

那人话还没有说完，便被青莱一个挥袖的动作定在了原地，与此同时，另外那些人也都被定住了动作。他们脸上的表情被惶恐取代，一时间竟都只直直盯着她，或恐惧或惊讶，再无言语。

"你……"

三年，对一只妖而言并不算长，可此刻青莱站在他的面前，却有一种恍如隔世的感觉。如果余子安是醒着的，恐怕一眼就能看出她的心情，只可惜，此刻他昏迷不醒，连意识都没有。

"他怎么了？"

青莱回头，厉声问道。

可那些人只顾着发颤，念着"妖怪"，除此之外，再没有别的反应。青莱不耐烦，随手一抓便抓出一人脑海中的记忆。看完，她心下一沉。

简单的四个字。

谋财，害命。

而他们带他离开，是为藏尸。

心底震怒，青莱反手便取了这些人性命，这些人坏事做尽，死在他们手上的人不计其数，左右他们活着也是害人，还不如死了好。微光闪现，又渐渐落下。

光影淡下，四周横七竖八倒了数具尸体，而那匹驮着人的马却被她牵走。

青莱入世不久，不通人情，许多事情都只是按着自己的心意和自己认为的好恶在做，不知也没有考虑过后果。如此，自然更不会想到，她眼中正义的事情，到了后来，竟会成为她滥杀无辜的佐证。

即便那些人，不论从哪方面来说都算不得无辜。

7.

余子安伤得很重，青莱又不会照顾伤者，她辗转多处，竟是毫无用处，青莱几乎寻了所有医馆都说他是无可救药了。而时间拖得越久，他的伤势也越来越严重。倘若不是她每日给他度一段灵息，恐怕他早已离开了。

这日，青莱握着他的手，呆在一旁，纠结许久，终于像是做了个什么决定。

“那年干旱，倘若不是你给我浇水，我未必能活下来。”她喃喃着，眸色越发坚定，说出的话却是轻松，仿若玩笑，“我也说过，要还你一口泉的。”

她微微笑，提手引出体内元丹至他面门。

她轻轻一推，送入他的体内。

不过一个动作而已，她却忽然面色苍白，脸上血色褪尽，牙齿咬得死紧，像是受了多大的疼痛，但还是抿着嘴唇死死不出声。

半晌，收手。

待那元丹再回到她体内，已经失去了最初的光泽。

她将自己的修为度给了他，这其实是一次冒险，因为她并不知道是否能够成功。但现在看来，效果很好。

榻上的人原本微弱的呼吸慢慢变得平缓绵长，那些久不愈的伤口子也以肉眼可见的速度在生长愈合。

用一段修为，换他一命，她成功了，并且觉得很划算。虽然这份划算，恐怕除她之外，再不会有人觉得了。

她眨眨眼，大概因为消耗太大，蓦然一阵困倦袭来。

可即便是困得脑袋直栽，她也不想睡。她总是记得，那一次，她不过睡了一会儿，再醒来，他就离开了。

然而再怎么不想不愿，她也还是没有撑住。

只是，栽倒之前，她模模糊糊感觉到有一只手托住了她的脸。那只手很大，掌心很暖，好像是可以依赖的。

青莱毫无意识地蹭了两下，呢喃一句"你终于醒了"，随即安心睡去。

只留下刚刚醒来的人满脸复杂，静静望她。

余子安不知道这是谁，他只知道，这女子身上妖气极重，明显不是人。

可他在昏迷之际也并不是毫无意识，至少中间偶尔醒来的时候，他还是有些记忆的，虽然破碎，也足够他明辨情况——是她救了他。

虽然这么说起来有些可笑，但到底是事实。

他竟然被他最痛恨的妖给救了，而她明显毫无防备，竟这样在他面前睡了过去。

按了按额角，他觉得自己有些头疼。

分明是发过誓，要除去世间所有妖异之物，但如今境况，他又如何能动手呢？再次深深望她一眼，许久，余子安长叹一声，下床离开。

以他如今的身份和立场，不动手已经是极限了，但要他和一个妖待在一起，却是不可能的。

出门之后，余子安再未回来。

8.

等青莱睡醒的时候，屋里早没有人了。

果然，又和当初一样。

她瘪瘪嘴，忽然有些委屈，但没委屈多久，又想到他曾经提着水桶回来找她的样子。于是心思一转，又笑起来。

　　她想，当年他在那次离开之后回来了，这一次，他一定也还会回来的。

　　于是她开始等。

　　这一等，就是七日。

　　七日之后，青莱没有等到余子安，却等到了段家其他的门人。

　　他们拿着她看不懂构造的东西，径直进入这间屋子，而在他们进入的那一刻起，她便被定住了身形，莫说动作，就是一句话都说不了。

　　"她的身上沾着冤魂血气，看来，凶手便是这只妖无疑了。"

　　为首的弟子如此说道，接着，他祭出一件法器，青莱只觉得莽光忽现，什么都没看清楚，就那么被生生灼伤了眼睛，在一阵剧痛之后昏了过去。

　　昏迷之际，她忽然想到了青杏。

　　她想到了那句"这不是你的机缘，这是你的障"，想到了"你知道劫是什么吗，你知道此去会发生什么吗"……

　　青莱微一皱眉。

　　青杏说的，是这个吗？那的确是糟糕的事情。

　　但即便如此，能见到他也真好。还有，还好还好她出来了，还好还好，她在寻他的路上遇见了他。

　　否则，他该怎么办呢？

9.

当余子安领命看守新抓住的小妖，却在捕妖房内看见她时，不得不说，他是很惊讶的。这份惊讶太过，以至于他忽略了一些其他的东西。

不过，那些东西既然能被忽略掉，想必也并不怎么重要。

如今的余子安早不是当年那个小少年了。

那个会大老远提一桶水，担心花树干死的孩子，或许在家族门变的时候就消失了。连带着他的许多感情，大半情绪，都消失了。

现在真要说他还有什么感情是鲜明的，或许便是恨吧。

对妖族的恨，对当年变故的恨。

没有人能要求一个经历太过的人初心不变，这本就是不现实的事情，谁都该知道的。

进了房间，他放下法器，坐在门边，面无表情，便如既往。

这一夜，他就这样在门口坐着，而她昏昏沉沉，睁了眼也只能看见一片黑暗，因为五感被封，所以什么都感觉不到，什么都不知道。她只隐约晓得，这屋子里有一个人。

挣扎着开口，青菜的声音沙哑难听，她想问那个人，想问他余子安的事情，她知道余子安归入了段家门下，知道抓住自己的是段家门人，她想问他怎么样了。可是，她把话问出口，却听不见答案。

也不知道，是那人没有回答，还是她的听觉被封得太过彻底。但不管是哪个，都真是叫人遗憾。

青莱摇摇头，并不晓得，不远处的那个人已经是以惊讶换去了原先的淡然。

"你说什么？"他下意识回应。

可她听不见。或者说，不止听不见，就连之前问那几句话都已经是耗尽她所有力气了。于是，她只低低垂着头。

青莱身形瘦小，又被那捆妖锁缚在柱上，在昏暗灯光的映衬下，显得有些可怜。

难道这只妖是认识他的？

难道，那一次，她的搭救，不是巧合？

余子安满脸复杂，他想走进去问她，又有些不想问她。他告诉自己，眼前这个是妖，是师兄们口中那个沾染了满身血气、滥杀无辜的妖，这样的妖，和当年对他家族做出那些事的妖，根本就是毫无分别。

可另一方面，他又总是想起自己当初醒来的那一幕。

他作为除妖师，不会真的无能到那种地步，连自己是怎么被救活的都不知道。救命之恩就是救命之恩，哪怕因为变故而变得冷硬，但余子安的骨子里仍存着当初的小少年，即便被压得再深，但他并没有消亡。

两者之间的矛盾折磨得他有些烦躁。

也正在他烦躁之际，外边忽然传来异动。余子安大抵真是心气浮躁起来，闻声而起，没想别的便拿起法器开了门。

却不料，门外的异动都是幻象。

那儿只有一个碧色衣衫的女妖，她捏着一个瑟瑟发抖的女子："交换。你放了里边那只妖，我放了手上的人。"

10.

不得不说，青杏是有本事的。能在段家门人的眼皮底下掳来村民作为人质，并且孤身进入门内，这点便足以证明。

可这儿到底不是简单的地方，虽然情况对她有利，可段家人真要做什么，她也是极危险。

余子安不知道她是怎么做到的，外边原本应该有弟子看守，但此刻那些弟子都凭空消失了一般，一个人影都看不见。

"快放开她，听见没有？！"

青杏的动作又重了几分，那名被她挟持的女子露出痛苦害怕的表情。余子安一怔。他不是没有别的办法，面对这样的妖，他也分明不应手下留情。可也就是这样的情况，它好像给了他一个理由。

让他在之前的矛盾中做出选择的理由。

是以，他说："好。"

他转身进屋便松开了那绳索，接着将青莱直直丢向那只妖，换回了她挟持的女子。

这不是他想的，不是他心慈手软，不是他要放了她。这是无奈，是为了村民安全。

余子安心道，这是最好的方法，不是他有意而为。

那浅碧色衣衫的女妖惊讶于他的动作干脆，却是反应极快，一个转身便跃上屋顶。夜风习习，自青莱身处拂过，带来轻微梨花香。

余子安闻见，不觉有些熟悉。这个味道，他好像闻过，那似乎是很久以前。

在看见她被带走后，他抽空想到，心底不禁松了一口气。只是，这口气没松多久，他的心很快又提起来。在那只妖离开的方向，他看见了捕妖网。

这网无形，寻常妖物是看不见的，最容易往上撞去。

弟子们打趣的时候，往往会说他们愚蠢，自投罗网，一边说，一边探讨着今日又捉住了几只几只。余子安心下一惊，刚要开口，却是这时，那些被引开的弟子赶了回来，正巧就看见了这一幕。

"你在做什么，是你放走了那只妖？！"

余子安一滞："我……"

"住口！"师兄气极，"去西殿领罚！"

余子安顿住："是。"

说完，他却并不动脚步，还是师兄先回头："还有何事？"

余子安欲言又止，最终低下眼睛。

"无事。"

说完，他朝着另一侧走去。

脚步沉沉，便如他低沉着的一颗心。

11.

原来青杏引开弟子们的方法，是在东侧厢房放火，很简陋的方法，没什么技术含量，却也实在有效。然而她再怎么有本事，也不过是一只小妖而已，因此，不久就被人察觉。而余子安虽说私放妖物，但那被挟持的女子为他辩护做证，师门念在他事出有因，并未多做计较。

段家一年要捉许多妖，这不过其中一两只，算不得什么大事。

段家一年要处理许多捉住的妖，这不过只是一桩，也不算什么大事。

余子安心知如此，但他握着火把的手却还是忍不住有些发颤。对付木植生出的妖，只能用灵火，这是最有效的办法，烧个干净，一劳永逸，再不用担心他们复生复仇，为非作歹。

"子安，还不动手？"

师兄蹙眉催促。

而余子安心下一定，缓步上前。

他只是段家外门弟子，师兄们叫他做什么，他当然只能做什么，况且这也不是过分的事情。对妖心慈手软不是好事，即便有那个女子为他佐证，可师门之内，大家心知肚明。

要在救人的同时抓住那妖的方法不是没有的，是他没有做。

"子安？"

师兄的声音里带了些压迫的意味，余子安紧了紧拳头，火把在他的手上轻微一动，焰苗随之一颤，蹦出几点火星，落在青莱的衣角。那儿被灼出一个小小的洞，她不由得皱眉。木植成灵，身上衣物皆是己身所化。

这灵火的火星子，看似只是落在那摆衣角上，但效果已经和落在她的身上一样了。

很疼。

她想开口，却被封住了话语。

事实上，如今的她不能说话，也听不清，五感之中，唯有目光清明。

她只能眼睁睁看着余子安朝她走近，却连一个字也没办法对他说。

如果可以，她很想求他。

就像青杏说的，这是她的劫，是她的障，她窥不破、看不开，是她的命数。可不论从哪儿看，青杏也是无辜的，青杏不该随她折在这里。

可她说不出来了。

青莱望着余子安，两人目光只一相交，便有种种过往闪现在那一眼里。

那一眼，她原以为是自己活在人世，看见的最后一眼，却不想阴错阳差，青杏在临死之际散出灵识，护住了她的灵元未散，传音说，左右自己活不过了，能少死一个也是好的。她将这一幕记得清楚。

之后的近千年，未有一刻忘记。

12.

之后的苟延残喘，之后的历经万千。

那样多的时光里，她记得最深的，还是这一幕。

是他朝她投来火把，是他杀了她唯一的挚友，是他焚毁她的元身。她所遭遇的所有的不好，归根究底，都是因为他。

她是应该恨他的。

很恨很恨。

消散之际，青莱望着那个不知是真实还是虚幻的人影，随着自己的意识渐渐涣散，她慢慢虚了眼睛。

可再怎么恨，再怎么遗憾，或是曾经再怎么执意追逐，到了现在，也都过去了。

所有的一切都过去了，唯一的遗憾，是他从不知道她的存在。

曾经，他是余子安的时候不知，后来，他是唐子谦的时候，还是不知。

或许这所有的所有都只是她一个人的故事，既然如此，故事里的喜怒哀乐，合该只由她一个人承担。

天光渐浓，微风轻起。

青莱合眼，身子一轻，自此，再无意识。

【番外二：我会一直等你】

YUJIANTADE
NAJIAN
HUADIAN

1.

沐辰只知道洛浮的生命需要依附灵根，却不知道，这灵根用久了，原来是有副作用的。

又或者说，不是灵根的副作用，而是那个灵魄寄居在她的躯壳之中实在太久，如今一夕消散，反而对她有了影响。洛浮原先作为一只独立的妖，其实并不需要依靠灵根存活，只是被迫和另一个灵魄共用身体，难免灵魄磨损、受到影响。

比如精神渐渐不支，比如睡眠所需越来越久，比如记忆开始衰退，甚至有时候都会忘记年岁过往，不知自己身处何地。可即便如此，她总是记得他的。

却唯独今天。

她醒来，揉揉眼睛，还不等他牵出个笑便忽然开口问："你是谁？怎么会在这里？！"

话里话外都是质问和防备。

沐辰微顿，小心翼翼："你不记得我了？"

这一天终是到来了。

"什么？"洛浮眉头紧皱，"别耍花样，你究竟是谁？！"

沐辰深吸口气，敛下情绪。

"我是谁？洛浮，你别装了。怎么，把人睡了不想认账？！"

沐辰与洛浮在一起这样久，当然知道该怎么对付她。是以，话一出口，他极为满意地看见了她瞬间呆滞的眼神。

洛浮："……"

洛浮："你说什么？"

沐辰起身叉腰皱眉，动作表情一气呵成，真像是受了什么委屈："我说，你别不认账装失忆了，你得对我负责！"

2.

洛浮表面淡然心内凌乱地看着沐辰忙前忙后整理花店，动作极为熟练，像是做过许多次一样。甚至包括一些小地方小细节也做得毫无纰漏，甚至深知她的习惯喜好，往往她一个眼神就知道是什么意思。

而她除却最初的惊讶，到了现在，竟也没有了别的怀疑，反而极为习惯似的……

难道他说的是真的？

她们真是恋人关系，是她忘记他了？！

刚刚想到这儿，她便是一阵头疼。洛浮侧过头去，不想让他发现，可沐辰却像与她有心灵感应一样，一个转身几步便走过来。

"不舒服？"

"没事。"洛浮咬着牙说。

沐辰拧着眉头给她按摩，手上的力道正好，他的手很暖，在按摩的时候，总有暖意渗来，叫她舒服得几乎想闭上眼睛瘫下去。

而沐辰却严肃了起来："这样叫什么没事？"

"就是没事。"

洛浮下意识地与他顶嘴。

却在顶出这一句的时候，自己微微愣住。

好熟悉。

这个人，这样的相处方式，好熟悉。

"嘶……"

"你是不是在想什么？乖，不想了，这个时候不要多调动意识，我们不想了。"他的声音很轻，轻得像是在催眠似的。

洛浮支吾着应了几声，终于睡过去。

临睡之际，她眨几下眼，望望他。眼前的人面上带着真切的关心，动作表情极为认真，仔细又小心，让她有一种被珍惜的感觉。

很安心。

"困了？睡吧，我在。"

闻言，洛浮沉沉点了几下头："嗯。"

3.

她的精神波动很大，时而清醒，时而迷蒙，这很正常，只失去记忆是个意外。却还好，这次她的失忆时间很短。

"醒了？"

洛浮眨眨眼："我做了一个梦。"

"和我有关？"

洛浮点头："我在梦里有点对不起你。"

沐辰挑眉："该不是梦见忘记我了吧？"

"你怎么知道？！"

洛浮大惊："你们除妖人还能看见梦境的吗？"

沐辰轻叹："你为什么就不能理解为心有灵犀呢？"

洛浮舒服地又往他怀里窝了窝，哼哼唧唧道："那就心有灵犀吧。"

沐辰笑笑，不再多说什么。

却没想到，过了一会儿，洛浮又抬起头蹭他："喂，如果那个梦不是梦，是真的怎么办？如果我真的忘记你了，你会怎么办？"

沐辰状若无谓："不会，那都是假的。"

洛浮戳戳他："万一呢？"

"你会记起来的，万一真发生这种事，那我就等你。"

"一直等？"

"一直等。"

洛浮低头偷笑。

"好吧，这个答案，算你过关了。"

沐辰也跟着她笑。

她的关，还真是好过。

这是春末，午后的室内很暖，阳光暖融，像是能洒进人的心里。

说起来，分明是一个捕妖人，最终却被一只妖给捕了心，真是没面子。

可感觉却不赖。

沐辰低头，看着睡在他臂弯里的洛浮如是想到。

只除了一点……

他微微勾唇，手臂有点麻。

图书在版编目（CIP）数据

遇见他的那间花店 / 江小鸟著. -- 贵阳：贵州人民社
出版社, 2017.10

ISBN 978-7-221-14410-2

Ⅰ.①遇… Ⅱ.①晚… Ⅲ.①言情小说－中国－当代
Ⅳ.①I247.5

中国版本图书馆CIP数据核字(2017)第254628号

遇见他的那间花店

江小鸟　著

出 版 人	苏　桦
出版统筹	陈继光
选题策划	大鱼文化
责任编辑	胡　洋
特约编辑	层　楼
封面设计	刘　艳
内页设计	米　籽
封面绘制	HalleBerry

出版发行　贵州人民出版社（贵阳市观山湖区会展东路SOHO办公区A座
　　　　　邮编：550081）
印　　刷　长沙鸿发印务实业有限公司（长沙黄花工业园三号 邮编410137）
开　　本　880×1230毫米 1/32
字　　数　173千字
印　　张　9.125
版　　次　2017年12月第1版
印　　次　2017年12月第1次印刷
书　　号　ISBN 978-7-221-14410-2
定　　价　32.80元